SEBASTIAN COUNT

Das Verlangen nach Freiheit
Der Beginn einer homoerotischen Coming-out-Geschichte

AF191324

SEBASTIAN COUNT

Das Verlangen *nach* Freiheit

DER BEGINN EINER
HOMOEROTISCHEN COMING-OUT-GESCHICHTE

Erotischer Roman

Bibliografische Information der Deutschen Nationalbibliothek:
Die Deutsche Nationalbibliothek verzeichnet diese Publikation in der Deutschen Nationalbibliografie; detaillierte bibliografische Daten sind im Internet über http://dnb.dnb.de abrufbar.

© 2022 Sebastian Count

Umschlaggestaltung: Rebeca-Ira P
Umschlagmotiv: © depositphotos.com: HayDmitriy | aa-w
Fonts: © envato elements

Herstellung und Verlag: BoD – Books on Demand, Norderstedt

ISBN: 978-3-7568-3843-1

Für alle, die die Freiheit noch suchen.

DAS LETZTE BIER

E s ist einer der ersten Frühlingstage, als Sebastian völlig verschwitzt zusammen mit seinen Kollegen im Feuerwehrmagazin ankam. Sie hatten gerade eine mehrstündige Übung hinter sich und waren völlig kaputt. Sie stiegen aus dem Tanklöschfahrzeug, nahmen erleichternd ihre Helme ab, legten die Sauerstoffflaschen neben das Garagentor und atmeten erst einmal durch. »Das war mal wieder eine richtig harte Übung, nicht wahr?«, sagte Tom und leerte sich eine ganze Wasserflasche in die Kehle. Die anderen taten es ihm gleich und Sebastian schüttete sich gleich noch ein wenig über seine schwarzen struppigen, leicht gelockten Haare, um den Kopf abzukühlen.

»Lasst noch Platz für ein Bier, wir müssen noch eins trinken«, sagte er immer noch ein wenig außer Atem. »Die nächsten paar Wochen werde ich in Paris sein«.

»Was machst du in Paris, Liebesferien mit deiner Hanna«, fragte Mike und sagte dies absichtlich überspitzt romantisch.

»Das mit Hanna und mir ist nichts Ernstes«, gab Sebastian zurück. »Ich gehe in einen Sprachaufenthalt. Schon mein ganzes Leben sitze ich in diesem Dorf fest. Mal was anderes zu sehen, schadet sicher nicht«.

»Was glaubst du denn, ist in Paris anders... erwartest du schönere Mädchen? Wieso willst du Französisch lernen? Englisch ist doch heute die Sprache, die man können muss«, blaffte Jules, der gerade mit dem zweiten Mannschaftsbus im Magazin ankam und das Gespräch anscheinend mitbekommen hatte.

Sebastian mochte ihn nicht besonders. Er ist einer dieser Typen, die wahrscheinlich ihr ganzes Leben lang im selben Dorf bleiben und nie etwas anderes von der Welt sehen werden. Nicht, dass Sebastian damit ein Problem hätte, aber Jules konnte auch ein richtiger Macho sein, was ihn vor allem im Ausgang am meisten auf die Nerven ging.

»Wieso Frankreich? Alle meine ehemaligen Mitstudenten gehen nach England... auf ein Klassenlager habe ich keinen Bock, ich will mal was Neues erleben. Zudem ist mein Englisch viel besser als mein Französisch«, sagte er.

»Verarsch uns doch nicht, wegen der Sprache selbst macht man schliesslich selten einen Sprachaufenthalten«, meinte Jules und lachte dabei »du willst einfach die Pariser Frauen auskosten, stimmts?« Er legte ihm einen Arm um die Schulter und begann von den schönen, grazilen Frauen aus Frankreich zu schwärmen, die er allerdings erst als Teenie im Urlaub mit seinen Eltern gesehen hatte. »Ich sag dir Seb, du wirst eine richtig gute Zeit haben«, meinte er weiter und setzte seine Geschichten fort, doch alle wussten, dass nicht einmal die Hälfte davon der Wahrheit entsprach. Er bestätigte soeben sein Machoverhalten, gab mit seinen Eroberungen an und gab Sebastian sogar Tipps, wie er es richtig anstellen musste, um eine Frau abzuschleppen.

»Du hättest die Chance damals mit einer deiner Bekanntschaften packen sollen, denn dein Kleiner sieht doch außer deiner Handfläche eh nichts anderes, oder?« gab Sebastian sichtlich genervt zurück und alle mussten laut loslachen.

»Ich habe zwar nicht das Glück, wie du es mit Hanna hast, aber stell dir vor, auch ich habe ab und zu Erfolg bei den Frauen«, sagte Jules nun etwas kleinlaut und ein wenig in seinem Selbstvertrauen bestürzt. »Zudem bin ich morgen mit Lisa verabredet und bis jetzt läuft's nicht schlecht«.

Die Jungs prosteten ihm wohlwollend mit den inzwischen geöffneten Bierflaschen zu und begannen von ihren eigenen Eroberungen des letzten Wochenendes zu erzählen.

Und da war es wieder, dieses unangenehme Gefühl, dass in Sebastian hochstieg, wenn die Anderen voller Bewunderung von ihren Freundinnen und Eroberungen sprachen. Es stimmte, er hatte was mit Hanna am Laufen, aber er wusste auch, dass er sie niemals so begehren würde, wie er es eigentlich müsste. Sebastian, der normalerweise gerne seinen Senf dazugab, wurde in solchen Momenten oft ruhig und zog sich ein wenig aus dem Gespräch zurück. Er machte sich allerdings nichts daraus. Wenn die anderen mit ihren Freundinnen prahlen mussten, sollen sie, dachte er sich jeweils. Es war wahrscheinlich auch einer der Gründe, weshalb er neben seinen Freunden aus der Feuerwehr auch noch einen Kollegenkreis hatte, mit denen er deutlich lieber unterwegs war. Auch sie mochten zwar im Ausgang gerne Frauen aufreißen, doch waren sie auch in der Lage, einmal ernstere Themen zu diskutieren.

Die Runde löste sich allmählich auf und als Sebastian die leeren Bierflaschen im Magazin zurückstellte, kamen bereits die ersten aus den Duschen zurück. Sie wünschten ihm nacheinander eine gute Zeit in Paris und plauderten noch ein wenig mit dem Materialwart über die neuesten Anschaffungen. Schliesslich schaffte auch er es in die Duschräume, die fast schon leer waren, bis auf Gabriel, der vorhin noch die Sauerstoffflaschen neu befüllen musste.

»Paris also«, lachte Gabriel ihn an. Er war rund zwei oder drei Jahre älter und einer von denen, mit denen Sebastian gar nicht so viel Kontakt hatte.

»Ja voll, mal was anderes im Vergleich zu diesem Dorf hier«, versuchte Sebastian lässig zu Antworten. Er merkte, dass es ihm schwer viel sich selbst zu bleiben und dass er sich in Gabriels Anwesenheit gleich kleiner vorkam als noch vor einigen Minuten.

»Glaub mir, ich kann dich völlig verstehen«, sagte Gabriel, währendem er sein T-Shirt auszog und seine frische Unterwäsche bereitlegte. »Ich war vor etwa zwei Jahren auch in Paris. Wollte ausbrechen aus diesem konservativen Dorfleben hier, tat mir gut.« Er nahm sein Badetuch aus seiner Tasche und entledigte sich von all seinem Hals- und Armschmuck. »Kommst du auch gleich?« frage er und streifte seine Boxershorts über seine gut trainierten Oberschenkel hinunter und schmiss diese mit seinem Fuß lässig auf die Bank.

»Äh ja sorry... Musste nur gerade daran denken, dass ich wohl erst wieder in ein paar Monaten mit euch in den Einsatz kommen werden«, sagte Sebastian rasch und zog sich aus, schnappte sich das Badetuch und folgte ihm in die Duschen.

»Also Jules Sprüche wirst du wohl kaum vermissen, der geht mir richtig auf den Sack«. Gabriel schaltete eine der mittleren Duschen ein. Sebastian zögerte einen Moment, ging dann aber auf die gegenüberliegende Wand zu und nahm sich ebenfalls eine der mittleren Duschen. Er hatte eigentlich kein Problem mit Gemeinschaftsduschen aber zusammen mit Gabriel zu duschen, ließ seinen Puls unwillkürlich etwas höherschlagen.

»Es sind ja zum Glück nicht alle solche Machos«, erwiderte er und nahm sich Duschgel, um sich einzuseifen. »Warst du lange im Sprachaufenthalt?«

»Was heisst lange... Französisch kann ich immer noch nicht fließend, aber ich war rund zwei Monate dort, hatte mich dann aber noch entschieden weitere Teile Frankreichs zu bereisen«, sagte Gabriel, der sich nun ebenfalls von Kopf bis Fuß einseifte und sich zu Sebastian umdrehte. »Genieß einfach die Zeit da drüben, das habe ich auch getan und bereue es auf keinen Fall«. Sebastian wusste nicht so recht, was er damit meinte.

Natürlich würde er es genießen und zu bereuen wird es ja wohl kaum was geben.

»Keine Angst, das Feiern wird wohl kaum zu kurz kommen», entgegnete er schliesslich und drehte sich nun ebenfalls mit dem Rücken zur Wand, um sich die Haare besser herunterwaschen zu können.

Als er die Augen wieder öffnete, sah er gerade noch durch den herablaufenden Schaum, wie Gabriel seinen Blick von ihm wegwandte. Sebastian blieb stehen und wusch sich den restlichen Schaum aus den Haaren. Jetzt, da sich beide Nackt gegenüberstanden, schien Sebastian sein Selbstvertrauen wieder ein wenig gewonnen zu haben. Auch Gabriel wusch sich den restlichen Schaum aus den Haaren, machte aber keine Anstalten, das Wasser als erster abzudrehen.

Als Sebastian das Wasser noch kurz auf Kalt stellte, drehte er den Hahn zurück und ging ohne Eile aus der Dusche und schnappte sich neben dem Eingang sein Badetuch und begann sich, noch im Duschbereich abzutrocknen. Jetzt, da er sich wieder selbstsicher fühlte, mochte er es, Gabriel ein wenig in Verlegenheit zu bringen. Dieser wiederum wusste nicht, ob er ebenfalls sein Badetuch schnappen oder abwarten sollte, bis Sebastian wieder in den Garderoben war.

Als er vornübergebeugt seine Haare trocknete und nochmals zurück in die Dusche wollte, um sein Duschgel zu holen, bemerkte er neben seinen noch ein zweites Paar Füsse.

»Du hast dein Duschgel vergessen«, sagte Gabriel mit trockener Stimme. Sebastian hob seinen Blick und konnte gar nicht anders, als kurz den Penis von Gabriel zu betrachten, bevor er das Duschgel entgegennahm.

»Oh danke, das vergesse ich andauernd.» Er lachte verlegen und hoffte, dass Gabriel nicht bemerkte, dass seine Augen vorhin kurz auf seinem Penis ruhten. Allerdings hätte Gabriel auch nicht so hinstehen müssen, dass er ihn unweigerlich zu sehen bekam, dachte er sich. Er ging durch den Eingang zurück in die Garderoben.

Gabriel folgte ihm, der sich im Laufen seine mittellangen, blonden Haare trockenrieb und danach in seine bereitgelegten Boxershorts sprang.

»Soll ich dich noch mitnehmen?«, fragte Sebastian, nachdem sie sich, ohne ein Wort zu wechseln, fertig angezogen hatten. »Also ehrlichgesagt habe ich keine Ahnung, wo du wohnst, aber ich bin mit dem Auto hier... also, wenn du...«

»...gerne«, unterbrach ihn Gabriel und Sebastian war froh darüber, denn er merkte, dass er etwas komisch klang. Fast so, als würde er ein Mädchen nach einem Date fragen.

Was war nur los mit ihm, dachte er sich als er seine Tasche über die Schulter schwang und von der Garderobe ins Magazin trat. Noch darüber nachdenkend, wieso er sich so komisch anstellte, folgte ihm Gabriel die Tür hinaus, der diese abschloss und nun neben Sebastian die Straße bis zum Auto entlang ging.

EIN LAUER
FRÜHLINGSABEND

Sebastian setzte sich hinters Steuer und legte seine Sportta-sche auf die Rückbank. »Ich sollte dringend wieder mal die alte Karre aufräumen, schmeiß mein Zeugs einfach zur Seite.«

»Du solltest mal mein Auto sehen, dann weißt du wie es ist, wenn man wieder einmal sauber machen sollte», Gabriel lachte und schnallte sich neben ihm auf dem Beifahrersitz an. Er stöberte in seiner Sporttasche nach seinem Handy, um die eingegangenen Nachrichten zu lesen.

»Ah Mist, meine Freundin ist immer noch bei der Arbeit. Ich wollte eigentlich noch mit ihr Essen gehen. Ihren ver-dammten neuen Job nimmt sie langsam aber sicher ein wenig zu ernst«, sagte er genervt.

»Wo arbeitet sie denn?« Sebastian, dem erst jetzt wieder in den Sinn kam, dass Gabriel mit Luisa zusammen war, fuhr nun langsam aus dem Parkplatz hinaus. Vor ein paar Jahren hatte er ebenfalls ein Auge auf sie geworfen, doch er schien ihr wohl zu Jung gewesen zu sein. Zu mehr als einem Date an der Limmat hatte es nicht gereicht. Dabei hatte er ein hübsches kleines Plätzchen am Fluss ausfindig gemacht und ein, seiner Meinung nach, romantisches Picknick vorbereitet.

»Auf der Bank, sie hatte ihre Ausbildung bereits da ge-macht und wurde vor kurzem befördert. Klar finde ich es gut, wenn sie ehrgeizig ist, aber ich will schliesslich auch noch Zeit mit ihr verbringen», sagte Gabriel ein wenig Niedergeschlagen. »Aber gut, mal wieder ein Abend für mich ist auch nicht schlecht». Er steckte sein Telefon wieder in die Tasche.

»Ja wem sagst du das», antwortete Sebastian, währenddem er die Hauptstraße entlangfuhr und an der Kreuzung den Blinker nach rechts setzte. »Hanna hat heute ihren Frauenabend, da kann ich gut darauf verzichten.«

Er lenkte seinen alten Opel Astra die Straße hoch und drückte das Gaspedal ein wenig mehr nach unten. Mittlerweile dämmerte es ein und die Straßenlaternen schalteten sich nacheinander ein. »Du wohnst irgendwo Richtung Schule, oder?«, fragte Sebastian und schaute kurz zu Gabriel rüber.

»Ja, gleich neben dem Hauptgebäude der Oberstufe, noch ein paar Straßen weiter, du kannst die Einfahrt hochfahren und dann wieder wenden.« Er beugte sich etwas vor, um besser aus dem Fenster sehen zu können. Sie hatten das Dorfzentrum hinter sich gelassen, als Sebastian die Schule erreichte, in der er vor ein paar Jahren selbst die Schulbank drücken musste.

»Alter wie lange war ich eigentlich nicht mehr hier, da kommen einem wieder Erinnerungen hoch«, er verlangsamte ein wenig, um zu sehen, wie sich die Schule verändert hat.

»Weißt du noch in den Sommermonaten, als wir nach der Schule immer im Schulbrunnen baden gingen... wie ich das vermisse«, erwiderte Gabriel als er bemerkte, dass Sebastian ein Grinsen auf dem Gesicht hatte.

»Die guten alten Zeiten, damals war das Leben noch unbeschwert.« Sebastian schwelgte in Gedanken, fasste sich aber gleich wieder, als ihm Gabriel die richtige Kreuzung zur Auffahrt seiner Wohnung zeigte.

Er bog von der asphaltierten Straße auf eine Schotterpiste ein, an deren Ende ein paar Häuser mit kleinem Vorgarten standen. Der Straße entlang war ein Zaun aufgestellt worden, um die weidenden Schafe einzuzäunen. Sebastian war das erste Mal hier oben und war erstaunt, wie schön und ruhig es war. Die Häuser lagen leicht erhöht, so dass man von den weiter unten liegenden Häusern nur die Dächer und Kamine sah.

Er lenkte das Auto um eine grosse Eiche, die am Ende der Einfahrt stand und stellte den Motor ab. »Na deine Wohnung hätte ich auch gerne, von so einem Garten kann ich ja nur träumen«, sagte Sebastian staunend.

»Alles in tagelanger Handarbeit hergerichtet. Meinen Eltern gehören die Nachbarhäuser und als die Eigentümer ihr Haus verkaufen wollten, habe ich dieses übernommen. Rechts wohnen meine Eltern, links meine Großeltern und ihr ganzer Stolz wohnt in der Mitte«, sagte Gabriel mit einem Augenzwinkern, schnallte sich los und öffnete die Autotür. »Was hältst du noch von einem Bier im Garten? Jetzt wo uns unsere Frauen verlassen haben.« Er lachte und schlug die Türe zu, hängte sich seine Sporttasche elegant um die Schulter und ging ums Auto herum.

»Ein Bier sollte drin liegen«, sagte Sebastian und stieg aus. Ein angenehm warmer Abendwind kam ihm entgegen als er Gabriel um die alte Eiche bis zu seinem Gartentor folgte. Er fuhr sich mit seinen Händen durch die Haare. Seine Beine wurden abermals weich und in ihm stieg ein Gefühl von Nervosität empor.

Gabriel besaß bereits ein Haus, hatte einen hübschen kleinen Garten und stand fest im Leben, dachte er sich. Und dass, obwohl er gerade mal nur ein paar Jahre älter war als er selbst. Ihm kam es gerade so vor, als würde er sein Leben nicht im Griff haben. Er wohnte noch bei den Eltern, hatte keinen Plan, was er nach Paris machen wollte, und war noch lange nicht so selbstbewusst wie Gabriel.

»Magst du ein helles oder ein dunkles« fragte ihn Gabriel, als dieser die drei Stufen zur Haustür hochstieg und sie öffnete. Seine Sporttasche hatte er auf eine kleine grüne Bank direkt neben dem Eingang gestellt.

»Ein helles... was du gerade hast.« Sebastian sah sich im Garten um. Über der grünen Gartenbank drang nun Licht aus dem Küchenfenster. Einige Sekunden später wurde es von Gabriel geöffnet, der ihm durchs Fenster zwei Bier und einen Laib Brot reichte. Drinnen hörte er Geschirr klirren, die Kühlschranktür wieder zuschlagen und Besteck scheppern.

»Setz dich doch hin, was steht du hier rum wie versteinert?«, sagte er zu Sebastian gewandt, und kam die drei Tritte in den Garten hinunter. Sebastien setzte sich an den kleinen runden Tisch auf dem Gabriel nun ein paar Cervelats, Mayo und Käse hinstellte. Dann ging er zu einem der zwei Hochbeeten, aus welchen es nur so von Tomaten, Bohnen, Gurken und Kopfsalaten wimmelte. Gabriel Griff nach einer Schere, hantierte im Beet herum und kam mit zwei frischen, großen Riesentomaten zurück zum Tisch.

Sebastian, der Gabriel die ganze Zeit nur beobachtet hatte und beeindruckt war von seinem Haus, deckte nun den Tisch mit den Tellern, Gabeln und Messern. Er drückte Gabriel sein Bier in die Hand, als er sich auf die Bank fallen ließ.

»Ich kann nach dieser Übung nicht noch ein Bier auf leeren Magen trinken«, sagte er schließlich, als er zur Ruhe gekommen war und seinen Blick über die Nachbarhäuser schweifen ließ. »Ich vergesse immer wieder, wie schön es hier doch ist.«

Sebastian, der das Dorfleben eigentlich satthatte, merkte für einen Moment, wie in ihm das Gefühl von Heimat emporströmte. Er bekam regelrecht Hühnerhaut, als er wie Gabriel über die Dächer der Nachbarhäuser schaute und die letzten Sonnenstrahlen hinter dem Horizont untergehen sah.

»Naja, wer weiß, vielleicht finde ich Paris ja doch nicht so großartig, dann komme ich einfach wieder hierher zurück«, sagte Sebastian lachend, währendem sich Gabriel Käse aufs

Brot schmierte. »Aber für den Moment muss ich hier einfach mal raus, auch wenn es gerade noch so schön ist. Ich brauche eine Großstadt, Trubel, neue Menschen und Bekanntschaften... weißt du, was ich meine?«

»Mir musst du keinen Vortrag halten, ich ging doch vor ein paar Jahren selbst nach Paris, genau aus denselben Gründen. Ich wohnte zwar damals bereits in Zürich, nicht weit entfernt von der Langstraße, aber das fand ich irgendwann gar nicht mehr so großartig«, sagte Gabriel und biss genüsslich in seinen Cervelat. Sebastian tat es ihm gleich und für einige Minuten genossen sie das Essen, das Bier und die mittlerweile kühle Abendluft des Frühlings. Als sie das zweite Bier öffneten und gesättigt auf der Bank saßen, wurde Sebastian langsam kalt um die Beine. Nach der Dusche waren beide in ihre kurzen Trainershorts geschlüpft, die sie immer noch trugen.

»Ist dir kalt?« fragte Gabriel, der Aufstand und einen Augenblick später eine Decke aus dem Eingangsbereich hervorholte. »Du bist wie Luisa«, lachte er und warf die Decke von den Treppenstufen des Eingangs zu Sebastian hinüber, bevor dieser überhaupt verneinen konnte, dass ihm die Beine zu schlottern begannen.

»Kalt eigentlich nicht«, sagte er aber merkte sogleich, dass seine Antwort keinen Sinn machte. Warum schlotterte er dann, dachte er sich. Klar, es war kühl geworden, aber irgendwie war da noch ein anderes, nervöses Gefühl.

»Ok, ist sonst noch was?« fragte Gabriel, der aber sogleich die Teller einräumte und zurück ins Haus ging. »Hast du jetzt schon Heimweh, bevor du überhaupt nach Paris fährst?«, rief er aus der Küche heraus nach. Seine Stimme klang nur dumpf über das Fenster zu Sebastian herüber.

Was war nur los, Sebastian konnte es nicht verstehen. Er fand es einen der schönsten Abende seit Langem. Er und Gabriel hatten über dieses und jenes gequatscht, so wie man es eben macht unter Freunden. Doch waren er und Gabriel überhaupt Freunde? Bis vor ein paar Stunden im Magazin hatten sie doch kaum miteinander gesprochen.

»Nur müde«, sagte er kurz angebunden. »Scheiß Atemschutz, ich glaube nach Paris wechsle ich zu den Schlauchträgern«, lachte er und streckte sich auf dem Stuhl. Gabriel kam in diesem Moment wieder zurück an den Tisch.

»Ach komm, es ist Freitagabend. Mit deinen 20 Jahren sollte dir das keine Mühe machen, Seb!«

»21 Jahre«, korrigierte er ihn.

Gabriel schmunzelte ihn an und nahm einen Schluck Bier. »Ich hatte schon lange nicht mehr so einen gemütlichen Abend«. Mit ernst gewordener Miene schaute er nun zu Sebastian hinüber. »Du kannst gerne öfters vorbeikommen. Luisa hat nur noch das Geschäft vor Augen.«

»Hier kann man sich's wirklich gut gehen lassen, ich komme gerne auf dein Angebot zurück«, erwiderte Sebastian mit einem Grinsen im Gesicht. Beide schauten sich etwas verlegen und rot im Gesicht an und tranken ihr Bier aus.

»Kannst du noch fahren oder willst du hier pennen«, fragte Gabriel nach einer längeren Pause und räusperte sich.

»Oh, ich denke, das funktioniert schon noch, ich fahre auch vorsichtig... versprochen«. Er sagte den letzten Teil absichtlich überspritzt, um die Situation wieder ein wenig aufzulockern. »Ich fahre am Sonntag und muss morgen noch einiges erledigen.«

»Ja verstehe ich natürlich. Ich wünschte, ich könnte die Stadt auch wieder mal besuchen. Du musst mir dann unbedingt alles erzählen«, sagte er ihm mit einem Augenzwinkern, als sich beide vom Tisch erhoben haben.

»Klappe, ich hab's vorhin schon gesagt. Ich geh nicht wegen den Mädchen nach Paris«, sagte Sebastian aufbrausend zu

Gabriel, musste aber gleichzeitig auch lachen, währendem sie langsam zum Auto schlenderten.

»Das habe ich auch gesagt und dann...«, Gabriel schmunzelte verlegen und wurde rot. »Sagen wir mal, Paris hat seinen ganz eigenen Charm, unverhofft kommt oft am besten«.

Gabriel grinste nun über beide Ohren, als sie vor dem Auto stehen blieben und nur noch eine Gartenleuchte ein wenig Licht spendete. Sebastian konnte sich vorstellen, dass Gabriel wohl das ein oder andere Abenteuer erlebt hatte.

Auch jetzt, als er nur schwach vom Licht beleuchtet vor ihm Stand, hatte Gabriel etwas an sich, dass sogar Sebastian auf eine Art und Weise anzog, die er selbst nicht verstand.

»Nun gut, ich bin ja auch nur ein Mann, irgendwas wird sich früher oder später sicher ergeben«, Sebastian grinste nun und hoffe damit ein wenig mehr aus Gabriel herauslocken zu können.

»Vertrau mir, Hand anzulegen ist zwar ganz in Ordnung, aber irgendwann wirst du dich nach einem schönen Körper sehnen.« Gabriel lief nun rot an und er konnte sich ein verschmitztes Lachen nicht unterdrücken.

»Da gebe ich dir nicht unrecht...«, entgegnete Sebastian im gleichen Ton und er wusste, dass Gabriel mit Sicherheit ein Geheimnis aus Paris mitnahm. »Es war wirklich ein geiler Abend, lass uns das wiederholen«, sagte er schließlich und wollte Gabriel einen brüderlichen Handschlag geben, doch dieser war schneller und umarmte ihn zum Abschied.

COUCHSURFING
AUF DIE ANDERE ART

E in Dröhnen ging Sebastian durch den Kopf. Er öffnete die
Augen, drehte sich im Bett um und blickte vereinzelt in
die Sonnenstrahlen, die durch sein Zimmerfenster im Dachge-
schoss fielen. Vor seinem Zimmer war seine Mutter mit Staub-
saugen beschäftigt. Er blickte auf seinen Wecker, es war kurz
vor zehn. Als er gestern Abend nach Hause kam, lag er noch
eine Zeit lang wach im Bett.

Die Gespräche und der ganze gestrige Abend mit Gabriel
machten ihm noch einiges Kopfzerbrechen. Er verstand nicht,
wieso er in der Gegenwart von anderen Typen oft sein Selbstvertrauen verlor und er plötzlich nicht so locker wie sonst war.

Auch die Verabschiedung führte er sich immer wieder vor
Augen. Als Gabriel ihn zum Abschied umarmte, verharrte dieser mitten in der Umarmung ein Moment. In dieser einen Sekunde fühlte Sebastian seine Wärme, berührte mit seiner
Wange die seine, welche sich vom Bart zwar rau anfühlte aber
dennoch irgendwie angenehm sanft war. Sogar sein Duschgel
roch er noch in seinem Nacken. Er hatte ihn sanft an sich ge-
drückt und Sebastian hatte auch unterhalb der Gürtellinie ein
angenehmes Gefühl verspürt und glaubte, dies hätte auf Ge-
genseitigkeit beruht. Weder er noch Gabriel waren erregt gewesen, doch hätte Gabriel ihn noch länger so umarmt... Sebastian wusste nicht, was dann passiert wäre, doch er wusste,
dass er schnell einen Ständer bekommen würde. Nur wieso es

bei Gabriel hätte passieren können, blieb ihm schleierhaft. Es war nur diese eine Sekunde, die ihm nicht mehr aus dem Kopf ging. Es schien, als hätte sich in diesem einen Moment die Welt aufgehört zu drehen, so viele neue Eindrücke sind ihm durch den Kopf gegangen, die er vorher selten so erlebt hatte. Irgendetwas schien zwischen ihnen zu sein, dachte er sich.

Sebastian stellte sich auch jetzt den Abschied nochmals vor und war sich sicher, dass Gabriel nach der Umarmung eine deutlich größere Beule in der Hose hatte als noch zuvor.

Draussen vor seiner Türe hörte Sebastian seine kleine Schwester Anna die Treppe hochspringen und jetzt an seine Türe klopfen.

»Sebi, aufstehen! Ich habe für dich zum Abschied Frühstück gemacht!«, rief sie vor seiner Tür. Anna war sieben Jahre jünger als er und gab mit ihrem großen Bruder gerne vor ihren Freunden an. Dass er nun für einige Zeit nicht zu Hause sein würde, musste sie erst einmal verdauen. »Ich komme schon!«, rief Sebastian und schlug die Decke zurück, zog sich seine Jogginghose an, die gerade auf dem Stuhl lag, streifte sich sein Shirt über und ging die Treppe hinunter ins Bad. Nachdem er sich kurz frisch gemacht hatte, ging er in die Küche, wo Anna ihm gerade ein frisch gekochtes Ei auf den Teller stellte.

»Und das nur für mich?«, fragte Sebastian mit hoch erfreuter Miene und sah, wie sehr sich Anna freute, dass ihr die Überraschung gelungen war. »Ich wollte sowieso wieder mal Frühstück machen, da dachte ich mir, wieso nicht heute, die nächsten Wochen bin ich dich doch sowieso los«, sagte sie mit einem feixenden Lächeln. Sebastian wusste natürlich, dass sie ihn vermissen würde, doch er hatte ihr bereits vor Wochen versprochen, ihr regelmäßig Postkarten zu schreiben und anzurufen.

Er setzte sich hin, währendem ihm seine Mutter Kaffee einschenkte und sich ebenfalls an den Tisch setzte.

»Wann geht dein Zug morgen? Hast du schon alles gepackt?«, frage sie und strich ihm ein Butterbrot.

»Der TGV geht Morgen um halb 10, ich packe später. Ich muss nachher noch in die Stadt und mich von Freunden verabschieden«, sagte Sebastian und tunkte eine Scheibe Brot in sein Ei. Mit Freunden meinte er hauptsächlich Hanna, der er versprochen hatte, heute nochmals bei ihr vorbeizusehen.

Als sie alle fertig gefrühstückt hatten und darüber phantasiert hatten, wie Paris wohl sein werde, machte sich Sebastian fertig, um in die Stadt zu fahren. Seine Jogginghose tauschte er durch Jeans ein und anstelle seines Shirts zog er sich ein locker sitzendes, sportliches Hemd an. Er tat sich ein wenig Deo und Parfüm an, schmierte sich wachs in die kurzen, dunklen Haare und verstrubelte sie. Rasieren würde er sich dann wieder am Abend, da es mittlerweile doch schon fast zwölf Uhr war.

Er parkte sein Auto in einer Seitenstraße, ein paar Hundert Meter von der Hardbrücke entfernt, in deren Nähe Hanna mit zwei Mitbewohnern wohnte. Sie hatte gerade ihr Studium an der *ETH* begonnen und hatte sich deshalb eine Wohngemeinschaft gesucht. Sebastian war bereits das ein oder andere Mal bei ihr gewesen und kannte auch ihre Mitbewohner, allerdings nur oberflächlich, die aber einen sympathischen und korrekten Eindruck machten. Als er klingelte und die drei Stockwerke hochstieg, stand die Wohnungstür bereits offen. Er trat ein und fand Hanna in der Küche, die gerade die Kaffeekanne auf den Gasherd stellte.

»Da bist du ja, mein kleiner Franzose«, sagte sie lächelnd und umarmte ihn, solgleich er in ihrer Nähe war.

»Bist du eben erst aufgestanden? Anna hatte mir zum Abschied ein Frühstück gemacht, war richtig gut. Ich denke, sie wird mich doch mehr vermissen, als sie jeweils zugibt«, sagte er zu ihr gewandt. Das Wasser in der Kaffeekanne begann langsam zu kochen, währendem Hanna sich ein Brot schmierte und genüsslich hineinbiss.

»Nein, ich war schon vor drei Stunden wach aber habe im Bett gebüffelt. Du kommst gerade richtig für eine kleine Lernpause. Tim und Luke sind bereits wieder in die *ETH* gefahren und arbeiten an unserem Semesterprojekt, ich gehe später dann nach«, sagte sie. Ihre Haare waren noch nass, anscheinend war sie gerade erst unter der Dusche gewesen. Sebastian roch noch ihr Shampoo und wie er erst jetzt bemerkte, trug sie ein viel zu großes T-Shirt von ihm.

Als er sie so anblickte, merkte er wieder, wieso er sie so mochte. Sie war bildhübsch, hatte braunes, glänzendes, leicht gelocktes Haar, gute Kurven und war sich nicht zu schade, die Hände schmutzig zu machen. Sie trug ein Piercing über der rechten Augenbraue. Es war klein, fast schon unauffällig, aber die Sonne brachte es, wenn sie im richtigen Winkel zum Fenster stand, zum Glitzern.

Hanna und ihre Mitbewohner studierten alle Bauingenieurwesen, was man ihr nicht geben würde. Sebastian wusste, dass es viele seiner Freunde zu Beginn nicht wahrhaben wollten, doch neben einem bildhübschen Aussehen hatte sie ein um so brillanteres Verständnis für Zahlen, Mathematik und Physik.

»Kannst du mal aufhören, so zu schauen«, sagte sie, als sie ihn mit ihrem mittlerweile fertig gekochten Kaffee anschaute.

»Ich habe vergessen, wie hübsch du eigentlich bist«, sagte er, ohne den Blick von ihr abzuwenden.

»Danke, du auch«, antwortete sie ihm lachend und lief an ihm vorbei über den Flur ins Wohnzimmer. Das alte Parkett knarrte unter ihren nackten Füssen. Sie ließ sich auf das Sofa fallen, das mit dem Rücken zur Küche stand, legte ihre Beine auf den Beistelltisch und genoss die Sonnenstrahlen, die nun über das große Wohnzimmerfenster auf ihr Gesicht fielen.

Sebastian griff kurz in die Fruchtschale, nahm sich ein Pfirsich, biss hinein und schwang sich im Wohnzimmer angekommen über das Sofa. Er landete direkt neben Hanna, die aufschrie, weil ein wenig Kaffee aus ihrer Tasche schwappte und auf ihren Oberschenkeln landete.

»Ich werde die Zeit mit dir vermissen«, sagte er nachdenklich und legte seine Beine ebenfalls auf den Beistelltisch.

»Ich dich doch auch, aber ich glaube, wir wissen beide, dass wir reden müssen. Die Zeit, die wir zusammen verbringen, ist wunderschön, du gehst jetzt für einige Zeit nach Paris und für mich beginnt mit dem Studium auch ein neuer Lebensabschnitt.«

»Ich hab's immer ein wenig rausgezögert, aber du hast recht, wir sollten beide an unsere Zukunft denken und das Leben im Moment genießen«, sagte er und schaute ihr nun in die Augen. Bevor er fortfahren konnte, ergriff sie das Wort.

»Du weißt gar nicht, wie ich froh ich bin, diese Worte von dir zu hören. Ich denke, du und ich wissen beide, dass das, was wir hatten, wunderschön war und keiner missen möchte, aber dennoch glaube ich, sind wir nicht so naiv, dass wir nicht gewusst hätten, dass spätestens mit deiner Reise nach Paris und meinem Studium sich die Dinge ändern werden.«

»Wollen wir das hier also beenden?«, fragte Sebastian und merkte nun, dass es ihm doch ein wenig schwerer fiel, diese Worte ihr gegenüber zu äußern, als er es sich das eigentlich vorgestellt hatte.

»Ich meine nicht unsere Freundschaft, ich mag dich wirklich, aber halt auch nicht…»

»Hör auf Seb, so kenne ich dich ja gar nicht!«, sagte sie lächelnd, doch auch sie schien es ernster zu nehmen, als sie vielleicht vorzugeben versuchte.

»Es reicht doch völlig, wenn wir uns beide mögen und weiterhin zusammen Dummheiten anstellen können. Oft habe ich mich gefragt, wie es ist, zu lieben, jemanden wirklich zu vermissen, wenn er längere Zeit weg ist, die Schmetterlinge im Bauch zu spüren, wenn man weiß, dass man ihn bald wieder trifft, vielleicht sogar die Tage und Nächte zählt, bis er wieder neben einem liegt...«

»Ok wow, diese Worte hätte ich von *dir* jetzt auch nicht erwartet«, unterbrach er sie, sagte es allerdings mehr belustigend als ernst. Doch Sebastian wusste genau, was sie meinte. Auch er hatte sich stetig gefragt, ob das, was er für sie empfand, bereits Liebe sei. Er freute sich immer, wenn sie sich trafen, doch so richtige Liebe konnte das noch nicht sein. Wenn das bereits Liebe war, musste er sich eingestehen, dann schien er für Schmetterlinge im Bauch wohl nicht empfänglich.

Diese Worte nun von ihr zu hören, beruhigte ihn und gaben ihm Hoffnung, dass Liebe in ihm doch mehr Gefühle auslösen könnte, als er bis jetzt annahm.

»Ha-Ha, sei still. Ich meine nur, dass ich dich sehr mag aber es bei mir kaum für mehr reicht.«

»Es geht mir genauso, ich mag alles an dir, aber ich würde dich anlügen, wenn ich sagen würde, dass ich dich liebe. Und wie du gesagt hast, auf uns warten beide neue Abenteuer. Ich will ja gar nicht wissen, wie viele Typen im Studium bereits ein Auge auf dich werfen«, sagte Sebastian, der sie nun feixend anschaute.

»Wenn du wüsstest... die stehen bereits Schlange«, sagt sie ebenso vergnügt. »Es gibt aber leider keiner, der dir bis jetzt das Wasser reichen konnte. Es gibt zwar einen ganz süßen Jungen aus dem dritten Semester... der hat mich sogar bereits einmal angesprochen.«

»Puh, also der muss ja dann schon einiges draufhaben, um mir das Wasser reichen zu können«, sagte er jetzt überspielt selbstsicher. »Mit gutem Aussehen allein wirst du dich wohl nicht zufriedengeben«, sagte er.

»Er ist in der Tragwerkslehre mein Tutor, im Kopf hat er bestimmt etwas. Das sollte also schon mal kein Problem sein.«

»Klingt nach einer guten Partie.«

»Es ist schon einmal ein Anfang. Aber ich gebe zu, so weit wie du ist er noch nicht gekommen. Er scheint auch nicht der Typ zu sein, der nur auf das eine aus ist«, sagte Hanna und stellte ihre leere Tasse auf den Boden.

»Was soll das denn heissen, ich war doch keinesfalls immer nur auf das eine aus«, widersprach Sebastian ein wenig aufbrausend, doch immer noch feixend.

»Aber abgeneigt warst du auch nie«, gab sie zurück. »Ok ich gebe zu, das waren wir ja beide nicht.«

Der Gedanke, dass es einen Typen gab, der Hanna gefiel und derjenige womöglich bald mit ihr hier auf dem Sofa liegen würde, behagte ihm nicht. Doch im selben Moment wurde ihm bewusst, dass es keinen Grund gab, eifersüchtig zu sein. Er würde sein Leben gehen und sie ihres. Zudem fand er die Vorstellung lächerlich, dass ihn Hanna jemals vergessen würde. Nicht nachdem, was sie schon alles gemeinsam erlebt hatten. Nur schon was dieses Sofa alles mitansehen musste. Sebastian musste beim Gedanken daran unweigerlich lachen und lief rot an.

Sebastian sah gewiss gut aus, doch kam er auch oft schüchtern daher. Er hielt sich nicht für so besonders und gut aussehend, wie es manche ihm immer vorhielten. Doch wenn er wollte, dann strotzte er vor Selbstbewusstsein und wusste sehr genau, wie er sich zu Verhalten hatte, um das zu erreichen, was er wollte. Es schien wohl auch diese Eigenschaft zu sein, die Hanna an ihm anziehend fand. Wenn er beim Sex seine andere, seine Dominante und zugleich einfühlsame Seite zeigte. Jedes Mal war der Sex mit ihr fantastisch gewesen. In dieser Hinsicht waren sie perfekt füreinander, und er wusste, dass sie das ebenfalls so empfand. So wie sie sich im Bett mit ihm hingab, hatte er es noch von keiner Zuvor erlebt. Als wären sie beide in diesem Moment miteinander verschmolzen. Wenn Sie sich jeweils auf ihn setzte und sein Penis in sie hineinglitt, konnten sie beide ihre Hüllen fallen lassen und es einfach nur wild miteinander treiben.

»Woran denkst du?«, fragte sie ihn, als er gedankenverloren wieder zu sich kam.

»Äh, an nichts«, log er und wandte sich ihr wieder zu und legte den Kopf zurück.

»Naja, dieses Nichts macht dich anscheinen recht Spitz«, lachte Hanna und legte ihre Hand auf seinen Oberschenkel, direkt neben eine große Beule, die sich in Sebastians Hose gebildet hatte.

Hanna zögerte nicht lange und setzte sich auf Sebastian. »Du hast ja wohl kaum ohne Hintergedanken dein Lieblingshemd angezogen und Parfüm aufgetragen«, sagte sie nun flach atmend und bewegte sich leicht vor und zurück, was er mit einem leisen Aufstöhnen erwiderte. Er legte seinen Kopf zurück, schloss die Augen und bewegte seine Hüften in Hannas Takt vor und zurück. Sie strich sich die Haare aus dem Gesicht, schwang diese mit einer Kopfbewegung auf die rechte Seite und stützte sich mit den Armen an der Rücklehne des Sofas ab, so dass sie sich noch besser dem mittlerweile harten Glied annehmen konnte. Sie bewegte sich so elegant, dass sie seinen Schwanz in der Hose so zurechtrückte, dass seine Eichel bald aus dem Hosenbund hervorschaute. Als sie dies bemerkte, lehnte sie sich noch ein wenig weiter nach vorne, so dass er nun deutlich ihre hart gewordenen Nippel durch das dünne T-Shirt sehen konnte. Ihre Brüste wogen mit seinen Hüftbewegungen auf und ab. Sebastians Hände, die er auf ihren Hintern gelegt hatte und ihr langsam unter die Shorts fuhr, griffen richtig zu und in diesem Moment stöhnte Hanna kurz auf und drückte ihre Muschi noch ein wenig mehr auf seinen

Schwanz. Er zog seine rechte Hand hervor und ließ sie nun unter ihr T-Shirt gleiten, bis seine Fingerspitzen ihre sanfte, weiche Brust erreichten. Er streichelte für einen Moment ihren Nippel, ließ die Fingerspitze wieder nach unten gleiten und umfasste ihre Brust so, wie er vorhin ihren Hintern gegriffen hatte.

Hanna lehnte sich nun wieder zurück und zog mit ihren Händen ihr Shirt aus, ohne mit ihren Hüftbewegungen aufzuhören, die ihn unglaublich spitz machten.

Jetzt waren sie direkt vor ihm. Er hatte noch nie perfektere Brüste gesehen. Er legte eine Hand auf ihren Rücken, gerade so, dass er mit dem Mittelfinger ihre Poritze erreichen konnte, drückte sie zu sich hin, küsste und leckte ihre Brüste und fuhr ihr mit dem Finger sanft über ihre Pobacken. Mit einem schnellen Ruck hat er sie mit beiden Händen am Arsch gepackt, kurz hochgehoben und dabei ihre Pobacken gespreizt und sie sanft wieder auf seinem Penis abgesetzt. Jetzt spürte er deutlich ihre Schamlippen durch den dünnen Stoff auf seiner Eichel.

Hanna, die seinen Schwanz nun deutlich spürte, lehnte sich wieder nach vorne und drückte ihm ihre Brüste ins Gesicht währendem sie seine Hose aufknöpfte, den Reißverschluss nach unten zog und mit ihren Fingern seinen Penis von seinen Shorts befreite. Schon im nächsten Moment spürte er, dass seine Eichel in die wohlige Wärme ihrer Muschi vordrang. Sie hatte ihre Shorts immer noch an, jedoch so zur Seite geschoben, dass ihre Schamlippen nun seinen Penisschaft umfassten.

Sebastian schaute ihr nun direkt in die Augen, beide mussten sich anlächeln und schmunzelten. Noch während sie ihm in die Augen schaute, drückte sie seinen Penis weiter ihren Schamlippen entlang.

»Du weißt einfach, wie du mich verrückt machst«, sagte er stöhnend, währendem er seine Beine streckte, damit sein Penis noch ein wenig weiter in sie hineinglitt. Er schloss seine

Augen, legte seinen Kopf zurück und begann sein Hemd von oben nach unten aufzuknöpfen, währendem sie auf seinem Penis auf und ab glitt. Neben dem im Sonnenlicht glitzernden Piercing von Hanna, spürte nun auch Sebastian das warme Sonnenlicht auf seiner freiliegenden Brust, die nur von seiner silbernen Halskette und dem daran befestigen Anhänger geschmückt wurde.

»Die Feuerwehr macht dich ja richtig muskulös«, feixte sie ihn an und schaute ihn von oben herab an. »Fick mich, Seb. Ich will dich noch einmal tief ihn mir spüren«. Hanna hatte sich auf seiner Brust abgestützt und ihm ins Ohr geflüstert. Als sie sich nach vorne bückte, zog sie ihr Höschen ab und er streifte seine Hose von den Beinen. Sebastian spuckte kurz auf seine Finger und als sie sich wieder auf ihn setzten wollte, ließ er ihr seinen Zeige- und Mittelfinger zwischen ihre Schamlippen gleiten. Er tastete sich langsam vor, währendem er mit seinem Daumen ihre Klitoris umkreiste. Schnell spürte er, dass sie noch feuchter wurde und berührte sie nun über ihre ganze Muschi mit seiner Hand. Sie verzog vor Geilheit ihr Gesicht und Sebastian umfasste mit seiner anderen Hand seinen Penis, befeuchtete mit seinen Fingern seine Eichel und ließ diese ihren Schamlippen entlanggleiten, überfuhr ihre Klitoris und führte ihn schließlich ein.

Sofort spürte er die warme, feuchte Umgebung ihrer Muschi, auf die sein Penis schon längere Zeit verzichten musste. Umso mehr genoss er es jetzt, auf und ab gleiten zu können. Sebastian, der seine Beine hochgelegt hatte und Hanna den Takt vorgeben ließ, spürte, wie sie ihn ganz hineingleiten ließ. Er spürte, wie ihre Lippen seinen ganzen Penisschaft feucht und warm hielten. Seine Hoden hingen ihm zwischen den Schenkeln. Er spreizte sie ein wenig, so dass sie in Hannas Takt hoch und runter wippten. Sebastian mochte es, wenn der Sex keine geräuscharme Angelegenheit war, und das Klatschen seiner Eier brachten ihn und Hanna weiter auf Touren. Sie genossen beide die rhythmischen Bewegungen, die sie mal langsam, mal schneller vollzogen.

Als Hanna immer lauter stöhnte fickte Sebastian nochmals ein wenig härter zu, schliesslich drückte er ihn abermals ganz hinein, packte sie mit seiner rechten Hand am Rücken, presste sie an sich und drückte sich mit seiner linkten Hand vom Sofa auf. Sein Penis verharrte in ihr und Hanna, der Sebastians vorhaben gefiel, klammerte sich um ihn und drückte ihre Hüften an ihn. Eng umklammert hob er sie langsam hoch, bis sein Penis fast draussen war, doch kurz bevor seine Eichel die Vagina verließ, ließ er ihren Hintern wieder absenken und sein Penis glitt wieder hinein. Nun beschleunigte er das Tempo, mit der er sie fickte und Hanna war deutlich zu hören. Sie schrie, so, wie sie sie es immer tat, wenn es ihr besonders gut gefiel. Im Rhythmus seiner Fickbewegungen stöhnte sie, er solle ja nicht aufhören. Auch er ließ hörcn, dass es ihm gefiel. Im lief die Spucke im Mund zusammen, er presste seine Lippen zusammen und ließ laute Seufzer hören als er nach schnellem ficken das Tempo wieder verlangsamte. Er ging mit ihr ums Sofa herum.

Sebastian hätte zwar schon längst abspritzen können, doch seinen letzten Sex mit ihr wollte er nicht so schnell beenden. Auch sie machte keine Anstalten, dass sie genug von seinem Schwanz hatte. Sebastian wusste, dass er sich mit seinem Penis durchaus zeigen konnte und im Vergleich zu anderen eher über dem Durschnitt lag. Daher gönnte er es Hanna, wenn er sie noch etwas länger damit penetrierte.

Er ließ sie über der gepolsterten Sofakante herunter, so dass sie mit gespreizten Beinen vor ihm lag. Sie stützte sich mit den Armen auf der Seitenlehne ab.

Ihre feuchte Muschi war nun genau auf der richtigen Höhe, damit er seinen Schwanz immer wieder rein und ganz raus gleiten lassen konnte. Gleichzeitig rieb er ihr die Klitoris. Seine Eichel wurde vor jedem neuen Eindringen erneut von ihren Schamlippen geküsst. Er sammelte seinen Speichel im Mund und spuckte gerade in dem Moment auf ihre Muschi, als er mit seinem Prügel wieder in sie eindrang.

Auch Hanna kam auf ihre Kosten. Wie er wusste, mochte sie es, wenn er sie hart von hinten nahm. Sie drehte sich um, so dass Sebastian nun ihren prachts Hintern vor sich hatte. Er wusste genau, was sie von ihm wollte. Er fingerte sie mit der einen Hand, während er ihr mit der anderen über ihren Po fuhr. Einige Zentimeter hinter ihrem Scheideneingang ertastete er mit seinem Mittelfinger eine etwas rauere Stelle als der Rest ihrer Scheide. Die Stelle war wie eine kleine Erbse etwas geschwollen und als er sie mit kreisenden Bewegungen stimulierte, schrie sie abermals auf. Nun drückte er seinen Penis in sie hinein und stieß so zu, dass seine Eichel ihren G-Punkte stimulierte. Sie hielt es nun nicht mehr aus.

»Fuck Seb, fick mich, hör nicht auf, ich will, dass du mich fickst, bis ich komme«, stöhnte sie und bei jedem ihrer Worte glitt Sebastian einmal raus und wieder rein. Er konnte jetzt nicht mehr anders als ihrem Wunsch zu entsprechen. Er schaute zu, wie sein Schwanz immer wieder rein und raus glitt, feucht von seiner Spucke und ihrem Saft. Hanna stützte sich mit beiden Händen auf dem Sofa ab. Er griff nach ihren Haaren, zog sanft daran, wie sie es mochte.

»Lass deine Nachbarn hören, wie geil du gerade von mir gefickt wirst«, flüsterte er ihr ins Ohr. Er hatte sich dazu ein wenig vornübergebeugt und seinen Penis verharrte nun einen Moment völlig in ihr. Es fühlte sich für beide unbeschreiblich an. Beide waren ihren Orgasmus nur noch am Hinauszögern. Beide wollten, dass das letzte Mal unvergesslich wird und beide waren kurzen vor ihrem Höhepunkt.

»Spritz deinen Saft in mich hinein, zeig mir, wie viel du abspritzen kannst. Ich will, dass es mir danach hinausläuft«, sagte Hanna leise zu ihm. Sie küssten sich und Sebastian richtete sich wieder auf.

Er verlangsamte nun wieder ein wenig, er spürte deutlich die Stelle, die Hanna so unglaublich erregte. Auch er war mit jedem eindringen näher an der Ejakulation. Als er hörte, dass es Hanna einfach nicht mehr zurückhalten konnte, sie schneller atmete und ihr Stöhnen lauter wurde, gab er ihr zu verstehen, dass auch er kommen wollte.

»Mach dich bereit für meinen Samen, kleine…« Sebastian spürte, wie sein Sperma von seinen Eiern in seinen Penis gepumpt wurde. Nur noch ein, zwei Stöße.

»Ohhh ich bin sowas von bereit, wehe du fickst mich nicht zu Ende, bis dein letzter Tropfen in mir ist…«, Hanna stöhnte nur noch.

Er schreite auf und Hanna tat es ihm gleich. Er glitt weiter in sie hinein und sein Sperma ergoss sich ihn ihr. Er verlangsamte, glitt aber immer noch weiter in sie hinein, bis er auch seine letzten Spritzer mit lautem Stöhnen in sie hineingespritzt hatte. Hanna zitterte am ganzen Körper, auch sie war zum Orgasmus gekommen.

Sebastian zog seinen immer noch harten Schwanz aus ihr heraus und ein Schwall Sperma floss Hanna aus der Vagina und tropfte neben seine Füsse auf den knarrenden Parkettboden. Sebastian griff seinen Penis und betrachtete sein Sperma an ihrer Muschi.

Bisschen stolz war er schon, es ihr ein letztes Mal so besorgt zu haben. Er wusste, dass es gerade sehr machohaft war, aber dennoch drückte er seinen Penis zusammen mit seinem Sperma, das er vorher noch ein wenig auf ihrer Klitoris rieb, nochmals in sie hinein. Sie stöhnte und er schob ihn ganz hinein. Er fasste sie bei ihren Oberarmen und zog sie hoch. Sie stand nun vor ihm. Ihre Beine standen in seinem Saft, der am Boden lag. Sein Penis war immer noch in ihr. Sie drückte ihren Po an seine Hüften. Er legte seine Arme um die ihre und küsste sie auf ihren Nacken. Der Geruch ihres Shampoos war immer noch zu riechen. Schliesslich glitt sein Penis heraus und hing nun vor ihrem Po. Sie drehte sich um und küsste ihn sinnlich auf die Lippen. Er erwiderte den Kuss und streichelte ihr durchs Haar, bevor sie sich ins Bad davonschlich.

DIE STADT DER LIEBE

Als Sebastian am nächsten Morgen aufwachte, fühlte er sich, als hätte er kaum ein Auge zugetan. Er hatte am Abend zuvor noch bis spät in die Nacht seine Sachen gepackt, gemerkt, dass er einige seiner Shirts, die er mitnehmen wollte, erst noch waschen musste und zu allem Überfluss auch noch Ewigkeiten nach dem Zugticket suchen müssen.

Bis er ins Bett kam, wurde es weit nach Mitternacht und da er vor großen Reisen sowieso nie gut schlief, konnte er auch nicht wieder einschlafen. So lag er noch eine Zeit lang im Bett, klickte sich durch seine neuesten Social-Media Feeds und wartete, bis draußen die ersten Sonnenstrahlen durch die Vorhänge drangen. Als es schliesslich Zeit wurde aufzustehen, zog er sich an, kontrollierte nochmals, ob er alles eingepackt hatte und trug seinen Rucksack nach unten. Nach der üblichen Morgenroutine im Bad trank er seinen Kaffee. Seine Mutter, die bereits mit dem Hund den Morgenspaziergang hinter sich hatte, brachte frisches Brot mit. Doch Sebastian konnte nur einige Bisse seiner mit Marmelade bestrichenen Schnitte nehmen. Wie immer brachte er fast nichts runter und die Zeit, bis er schließlich zum Bahnhof aufbrach, war kaum auszuhalten. So lange hatte er sich vorgenommen, nach der Schule wegzufahren, eine andere Stadt kennen zu lernen und auf sich allein gestellt zu sein.

»Hast du auch wirklich alles«, fragte ihn seine Mutter auf dem Perron des Hauptbahnhofs, in ihrer umsorgenden Art und Weise. »Wenn nicht, dann schicke ich dir alles nach. Und dass dir deine Gastmutter ja genügend zu Essen gibt. Ich sage schon lange, du solltest ein wenig mehr Essen. Du kommst mir sicher ganz abgemagert zurück!«

»Ich kann auf mich selbst aufpassen, Mamma«, sagte Sebastian und musste darauf achten, dass seine Stimme nicht allzu genervt klang. »Sag Anna, dass ich sie vermissen werde und Paps, dass er mir noch die Adresse von Onkel Marius durchgeben soll.« Er drückte seine Mutter zum Abschied, die ihn fast nicht mehr loslassen wollte und stieg dann in den Wagen 15 des TGV ein, der ihn über Basel direkt nach Paris bringen sollte.

Es war eine ruhige Fahrt. Sebastian hatte Glück, dass er ausserhalb der Ferienzeit reiste und so vergrub er sein Gesicht mit den Kopfhörern in den Ohren in einen Reiseführer. Er hatte sich diesen nach seiner Verabschiedung bei Hanna noch in der Stadt besorgt. Es war für ihn das erste Mal in Paris und das erste Mal überhaupt, dass er allein verreise. Endlich konnte er machen, was er wollte. Musste sich nicht dem Gruppendruck hingeben, den es geben konnte, wenn er mit Freunden ein verlängertes Wochenende machte oder musste in einen Club, auf den er eigentlich gar keinen Bock hatte.

Er las über den *Sacré-Cœur de Montmartre*, die *Notre-Dame*, die unzähligen gotischen Kirchen, die vielen Brücken über die *Seine*, die *Paris-Plage*, den *Jardin de Luxembourg* und die vielen weiteren öffentlichen Parkanlagen. Er schaute Bilder vom *Schloss Versailles* an, informierte sich über die *Champs-Élysées*, auf welcher am Nationalfeiertag eine riesige Parade stattfand, und markierte sich bereits einige Restaurant Tipps, die *Marco Polo* für ihn bereithielt, von denen einige im hippen *Quartier de Marais* waren.

Die Zeit verging wie im Flug. Draussen fuhren sie an unzähligen, riesigen Strommasten vorbei. Die unbewohnte, grüne Landschaft wechselte sich abwechselnd mit kleinen schmucken und weniger hübschen Dörfern ab, an denen sich der TGV entlang schlängelte.

Nach etwas über vier Stunden, einigen Sandwiches und eingeschlafenen Beinen, verlangsamte der Zug und in der Ferne war die Silhouette der Pariser Banlieues zu erkennen. Einige Minuten später fuhr der Zug endlich in *Paris Gare-de-Lyon* ein. Sebastian, der sich bereits die Metroverbindungen herausgesucht hatte, sah die hellbeigen Sandsteinfassaden, die mit hellem Blech eingedeckten, schräg zulaufenden Dächer und entschied sich spontan, zu Fuß gehen zu wollen.

Da er seiner Gastfamilie keine genaue Zeit seiner Ankunft angegeben hatte, eilte es nicht und so wuselte er sich aus dem Bahnhof hinaus auf die Straßen.

Als er einige Minuten über Hauptstraßen, Seitengassen und Plätze in Richtung Zentrum hindurchschlenderte, bog er auf den *Quai de la Tournelle* ein, der ihn entlang der *Seine* direkt auf die *Île de la Cité* führte.

Und da stand er auf der *Pont de l'Archevêché* mit Blick auf die *Notre-Dame*. Die gotische Kathedrale kannte er gut aus den Nachrichten. Er erinnerte sich an die Fernsehbilder, wie die Flammen aus dem Dach züngelten und eine riesige schwarze Rauchwolke über der Kathedrale in den Himmel stieg. Nun war das Dach eingerüstet und ein grosser Teil rund herum war abgesperrt. Er konnte seinen Blick fast nicht davon lösen

Sebastian schlenderte noch einige Zeit durch Paris, bis er sich in Richtung seiner Gastfamilie begab und vor einem imposanten, aus beigem Sandstein gebauten Gebäude haltmachte, dessen Fenster alle mit einem schwarzen, eleganten Geländer versehen waren.

Im Erdgeschoss, direkt vor dem Gehsteig, befand sich eine kleine Pâtisserie, die in den Schaufenstern diverse Köstlichkeiten wie Eclairs, Cremeschnitten, Torten und Pralinés ausgestellt hatte. Vor den Schaufenstern waren einige kleine Tische und Stühle platziert worden, an denen ältere Damen gerade einen Kaffee und etwas Süßen aßen. Sebastian bemerkte, dass er von ihnen angestarrt wurde. Es musste wohl offensichtlich sein, dass er neu in der Stadt war, so wie er mit dem Reiseführer und dem Zettel mit der Adresse seiner Gastfamilie vor der Pâtisserie stand.

»Wen suchen sie den, junger Mann«, wurde er von der älteren Dame mit ihrem rosafarbenen Hut angesprochen.

»Madame Camille«, stotterte er auf französisch und trat an den kleinen runden Tisch der älteren Damen, um ihnen den Zettel mit der Adresse seiner Gastfamilie und deren Namen zu zeigen.

»Ah Oui, da sind sie hier richtig«, antwortete nun die zweite Dame, die eine gestrickte, türkisfarbene Bluse trug und um deren Hals mindestens drei verschiedene, goldene und silbrige Halsketten hingen. »Sie finden Madame Camille im dritten Stock. Ich nehme an, sie sind einer dieser neuen Austauschstudenten?«.

»Vielen Dank, Madame. Ähm, ja, ganz richtig, ich bin für einige Monate in Paris«, stammelte Sebastian. Er verabschiedete sich höflich, woraufhin die Damen sich anschauten, einander zulächelten und Sebastian hinterherschauten, bis dieser die dunkelgrüne Eichentür erreichte.

Als Sebastian die Klingel betätigte, öffnete sich sogleich das Schloss. Er trat ein und befand sich in einem wunderschönen alten Treppenhaus, in dessen Mitte sich eine geschwungene Treppe befand, die mit einem dunkelroten Teppich belegt war. Die Wände waren im unteren Bereich in einem dunkelgrün gestrichen und über eine kleine Bordüre vom oberen Bereich getrennt, der in einem frischen, zitronengelben, fast beigen Farbton gestrichen war.

Sebastian ging weiter hinein. In der einen Ecke befand sich ein schmideiserner, alter Fahrstuhl, dessen Kabine sich gerade im Erdgeschoss befand. Doch nachdem er diesen kurz gemustert hatte, entschied er sich doch lieber die Treppe zu nehmen.

Als er im ersten Geschoss ankam, lief er links und rechts je auf eine Wohnungstür zu, die im selben Farbton wie die Haupteingangstür gestrichen war. Mit einem kleinen Messingschild war die Wohnungsnummer angegeben.

Sebastian ging weiter, bis er schließlich im dritten Stock ankam, wo bereits eine Tür offen stand und aus deren Wohnung er eine helle, hohe Stimme wahrnahm, die aus der Ferne irgendetwas zu rufen schien.

»Sebastian, bist du es? Komm nur herein, ich bin gerade noch in der Küche«, hörte er eine Frauenstimme auf französisch rufen.

Sebastian trat ein. Er fand sich in einem breiten Gang wieder, an dessen linker Seite einige Garderobenhacken mit Jacken und Hüten hingen und auf der Gegenüberliegender Seite ein grosser Spiegel hing, an den diverse Fotos, Briefe und Karten geklebt waren. Der Holzboden knarrte unter seinen Füssen. Er stand auf einem alten, orientalisch wirkenden, roten Läufer, der sich bis zum Ende des Eingangsbereichs hinzog.

Sebastian schloss die Tür hinter sich. Er trat bis zum Ende des Läufers, wo sich der Korridor auf der rechten Seite in einen grossen Hauptraum öffnete, von dem grosse Türen in weitere Zimmer führten. Auf der linken Seite stand die Küchentür offen, in welcher nun eine kleine, etwas rundliche Frau mit Schulterlangen, etwas lockigen braunroten Haaren auftauchte und sich ihre Hände am Küchenschurz trocknete.

»Bonjour Sebastian, ich bin Camille. Ich hoffe, du hast den Weg gut gefunden. Wir wollten dich ursprünglich vom

Bahnhof abholen kommen, aber wir sind gerade etwas im Stress«, sagte Camille, trat näher an Sebastian und gab ihm die Hand.

»Bonjour, ja ich bin Sebastian, freut mich sehr. Ich bin sehr froh, dass ich hier ein Zimmer haben kann während meinem Aufenthalt«, sagte er angestrengt auf französisch. »Ich habe den Weg sehr gut gefunden Danke. Paris gefällt mir bis jetzt sehr gut».

»Das freut mich. Komm, ich zeig dir die Wohnung, in dem mein Mann und ich leben. Unser Sohn Robin ist ebenfalls ab und an noch hier», sagte sie und legte ihre Kochschürze ab.

Camille führte ihn durch ihre Wohnung. Die Küche war voll mit Pfannen, Töpfen und Kellen. Es war ein hoher Raum, dessen Wände im unteren Bereich mit kleinen, weißen und blauen Platten gefliest war. Der obere Bereich war in einem zarten Mintgrün gestrichen. Neben der Küchenzeile, die von Camille in Beschlag genommen wurde, befand sich an der gegenüberliegenden Wand ein kleiner Esstisch.

Direkt neben der Küche war ein kleines Bad mit Badewanne und WC angeordnet. Über den grossen Vorraum erreichten sie das Wohnzimmer, das mit einer grossen Couch, diversen kleineren Sesseln und Hockern sowie einem steinernen Kamin ausgestattet war, um das sich die ganzen Möbel anordneten.

Schliesslich zeigte ihm Camille sein Zimmer, das neben dem ehemaligen Kinderzimmer ihrer Söhne lag. Sein Zimmer war klein und gerade einmal so breit wie das Bett. Neben einem kleinen Schrank und einem Schreibtisch befand sich außer einem kleinen Hocker nichts mehr in seinem Zimmer. Die Wände waren geschmückt von einigen Bildern und am Boden lag ein kleiner, heller Teppich.

Alles in allem war es eine schöne, gemütliche kleine Wohnung und auch über sein Zimmer konnte sich Sebastian, trotz der Größe, kaum beschweren. Er freute sich, endlich in Paris angekommen zu sein. Erschöpft ließ er sein Gepäck auf sein Bett fallen. Er setzte sich erst einmal hin, schaute sich in seinem Zimmer um und war einfach nur glücklich. Die ersten Eindrücke der Stadt hatten ihn fast umgehauen, es war kein Vergleich zu seinem Heimatdorf, das er vor nicht einmal 24 Stunden verließ. Gedankenversunken, was ihn in den nächsten Tagen und Wochen noch erwarten würde, schloss er seine Augen und legte sich zufrieden auf sein Kopfkissen, bis er schliesslich glücklich und zufrieden einschlief.

EIN AUFREGENDER MUSEUMSBESUCH

Am nächsten Morgen lag Sebastian noch immer mit seinen Kleidern im Bett. Er war von der Reise und all den neuen Eindrücken so müde, dass er die ganze Nacht durchgeschlafen hatte. Als er sich schliesslich von seinem Bett erhob, in seinem Gepäck frische Unterwäsche suchte und sich anzog, ging er weiter ins Bad. In der Küche war Camille bereits wieder am Kochen. Sebastian hörte bereits von weitem Töpfe und Kellen scheppern. Ihr Mann, Marc, war gerade beim Kaffee und als Sebastian unter der Tür auftauchte, erhob er sich erfreut, stellte sich vor und bot Sebastian ebenfalls einen Kaffee an.

Wie sich einige Minuten später herausstellte, war seine Gastmutter ein Hochzeitsessen am Vorkochen, denn in einigen Wochen sollte ihre Tochter Muriel heiraten. Sie und ihr Sohn Robin würden später am Tag noch bei ihnen vorbeischauen, sagten sie ihm, als er ihnen gerade erklärte, dass er sich Paris noch anschauen wollte. Sie verabredeten sich daraufhin zum Nachtessen, dass gemäss Camille Punkt acht Uhr aufgetischt wird. Wie er jetzt merkte, war in Sachen Pünktlichkeit nicht mit ihr zu Scherzen, denn die gemeinsamen Nachtessen mit ihren Kindern und Gaststudenten am Sonntagabend schienen ihr Heilig zu sein.

Und so machte sich Sebastian kurze Zeit später, nachdem er sich in seinem Zimmer fertig eingerichtet hatte, auf den Weg in die Stadt hinein.

Gerade als er die unterste Treppenstufe in der Eingangshalle erreichte, kam ihm ein groß gewachsener, junger Mann entgegen, der seine Sporttasche locker über der Schulter trug. Als sie sich kreuzten, zog dieser seine Sonnenbrille herunter und musterte Sebastian kurz.

»Salut«, sagte der junge Mann mit einem Lächeln, bevor er die Treppe hochging.

»Bonjour«, antwortete Sebastian ein wenig perplex und ging weiter. Als er die Eingangstür erreiche, blickte er noch einmal zurück und sah gerade noch, wie der junge Mann seinen Blick abwandte und weiter nach oben ging.

Als Sebastian auf die *Rue des Petites Écuries* trat, kam ihm ein frischer Duft entgegen, einerseits von der Pâtisserie, andererseits wurden im Blumenladen gegenüber frische Blumenbouquets hergerichtet. Er machte sich auf den Weg ins Zentrum, besuchte das *Centre Pompidou*, saß in Cafés, aß diverse Pâtisserie und sah in den vielen Parks den Menschen beim Flanieren zu. Er konnte sich nicht beklagen. Die Sonne wärmte sein Gesicht, es war angenehm warm und außer um sich musste er sich für einmal um nichts anderes kümmern. Dass seine Sprachschule morgen losging, hatte er ein wenig verdrängt. Doch da er nur halbtags Schule hatte, blieb ihm gewiss genügend Zeit, Paris in vollen Zügen zu genießen.

Als er seinen Blick im *Jardin du Luxembourg* ein wenig schweifen lies, fiel ihm auf, dass diverse Paare eng umschlungen auf der Wiese lagen und den Frühlingsbeginn genossen. Er überlegte kurz, ob er Hanna ein Foto senden sollte, entschied sich dann aber dagegen. Sie hatten die Sache zwischen ihnen beendet. Er wollte sich nicht schon nach dem ersten Tag bei ihr melden. Er schlenderte unter einer Baumallee entlang, schnappte sich einen der unzähligen Stühle, die zur freien Verfügung standen, suchte sich ein lauschiges Plätzchen und setzte sich hin.

Beim Gedanken an Hanna und ihrem letzten Treffen beulte sich Sebastians Hose unweigerlich. Er versuchte, seine Gedanken auf ein anderes Thema zu lenken, doch die Tatsache, dass er tatsächlich wieder einmal Handanlegen könnte, erwies sich nicht als hilfreich. Er griff in seine Hosentasche, um seinen Penis in seinen Shorts zurecht zu rücken, streckte seine Beine und schloss kurz die Augen, um die Sonnenstrahlen zu genießen.

Doch die Berührung seines Penis durch die Hand in seiner Hosentasche ließ ihn nur noch mehr erhärten. Gerade als er seine Jacke auf seinen Schoss legen wollte, um seine Beule zu verbergen, bemerkte er, dass dies hier im Park gar nicht nötig war. Weit und breite hatte es niemanden, der seine Beule sehen konnte. So legte er seine Jacke wieder seitlich auf seine Stuhllehne und begutachtete seinen zuckenden Schwanz durch seine Jeans. Ein Kribbeln stieg in ihm hoch und als er sich noch einmal streckte, wurde sein Penis für einen Moment mit noch mehr Blut vollgepumpt.

Sebastian schaute auf seine Uhr, es war kurz nach 18 Uhr. Er hatte noch ein wenig Zeit, doch wenn er vor dem Nachtessen mit seiner Gastfamilie noch kurz Duschen und sich hinlegen wollte, musste er langsam los. Für einen Moment erwischte er sich, wie er die Umgebung absuchte und kurz überlegte, ob es nicht eine Möglichkeit gab, Druck abzulassen.

Sebastian stand auf, griff seinen Stuhl und brachte ihn an die Stelle unter der Baumallee zurück, die mittlerweile verschattet unter der Abendsonne lag. Er überlegte kurz, welche Richtung er einschlagen sollte, um aus dem Park zu kommen und schlug dann den Weg nach rechts über den Kiesweg in Richtung *Palais* ein. Er ließ sich Zeit, denn noch immer verspürte er innerlich ein Kribbeln, wie er es oft verspürte, wenn ihn seine Lust überkam. Sebastians Herz schlug nun etwas schneller. Er konnte machen, was er wollte. Er war allein in Paris unterwegs. Er war einer unter Tausenden hier im Park. Plötzlich kam in ihm ein Gefühl hoch, das er nicht einzuordnen wusste. Er wollte etwas Neues erleben, etwas, dass er sonst nicht machen würde. Er überlegte immer noch und war hin und hergerissen, ob er seiner Lust nachgeben sollte oder nicht. Sein Penis war mittlerweile zwar wieder erschlafft und dennoch war seine Lust wie auf Nadeln.

Er konnte sich zu Hause gemütlich selbstbefriedigen, da sprach nichts dagegen, anderseits... Wieso muss es immer zu Hause sein?

Sebastian war immer noch auf dem Kiesweg unterwegs, als er sich dem *Palais* näherte. Aus dem Souvenirshop kamen gerade einige Amerikaner mit Anhängern vom *Tour Eiffel*. Direkt neben dem Shop ging es über einen Rundbogen in ein Café. Sebastian drehte sich ohne groß zu Überlegen nach links und steuerte auf das Café zu. Doch er wollte nicht noch einen Kaffee trinken, sondern nahm den Eingang direkt daneben ins Auge, der in den *Palais* führte. Als er die Eingangshalle der *Ticketeria* betrat, schaute er sich kurz um. Eigentlich wollte er nur die Toiletten aufsuchen und kein Ticket kaufen, doch schien es hier in der Eingangshalle keine zu geben. Als er sich gerade umdrehte und gehen wollte, sprach ihn die junge Dame hinter dem Schalter an.

»Bist du Student? Die können den Palais kostenlos besichtigen«, sagte sie in einem freundlichen Ton zu ihm. Sebastian drehte sich abermals um und ging auf den Schalter zu. »Ähh, Oui, ich bin Student«, sagte er auf französisch.

»Hast du auch einen Ausweis? Dann kann ich dir dein Ticket geben», sagte die Verkäuferin, die kaum älter als Sebastian zu sein schien und allem Anschein nach an den Wochenenden im *Palais* arbeitete.

»Ja klar, hier«, antwortete Sebastian plötzlich verlegen und legte ihr seinen Studentenausweis aus der Schweiz auf den Tisch und hoffte, sie möge ihn nicht zu genau anschauen, denn der war eigentlich gar nicht mehr gültig.

»D'accord«, sagt sie, ohne den Ausweis umzudrehen und legte ihm den Ticketstreifen hin. »Du musst dich aber beeilen, wir schließen in gut einer halben Stunde«.

Sebastian nahm das Ticket und konnte nun fast nicht anders, als durch das Drehkreuz zu treten, von wo ihm nur noch Menschen entgegenkamen, die das Museum bereits wieder verließen.

Er ging weiter und trat in ein überhohes Atrium mit einer riesigen Glaskuppel. Das Atrium erstreckte sich über vier Geschosse und war über riesige Säulen abgestützt, zwischen denen steinerne, massive Brüstungen eingesetzt wurden. Von jedem Geschoss sah man Besucher über die Brüstung nach unten Blicken. Der Boden war verziert mit einem Muster aus verschiedenfarbigen Platten und Mosaiksteinen.

Sebastian lief um den Säulenumgang und nahm sich eine Infobroschüre. Erst jetzt bemerkte er, dass hier zeitgenössische Kunst ausgestellt wurde. Jedes Geschoss wurde einer anderen Thematik gewidmet. Er ging langsam weiter und spürte mittlerweile auch seine volle Blase. Er nahm die steinerne Treppe und ging ein Geschoss höher. Er war mittlerweile fast der Letzte und als er im Obergeschoss ankam, sah er endlich ein kleines Schild mit dem Toilettensymbol. Ohne zu zögern, folgte Sebastian dem Schild. Sein Herzschlag war nun wieder schneller geworden.

Als er die Toilette erreichte, staunte er nicht schlecht. Selten kam er in ein so elegantes und großzügiges Klo. Der Boden war gefliest und spiegelte regelrecht, es war sauber und die Waschtische waren zentral um einen grossen Spiegel angeordnet. Sebastian lief einige Schritte und ging dann in die erstbeste

Kabine. Er schloss sie hinter sich, packte sein Glied aus, stellte sich breitbeinig vor die Schüssel, legte den Kopf zurück und ließ es laufen. Manchmal ist das Gefühl besser als einen Orgasmus zu haben, dachte er sich. Sein Strahl plätscherte ins Wasser und ihn ihm machte sich ein Gefühl der Erleichterung breit.

Als er die Augen wieder öffnete und nach unten sah, begutachtete er seinen Penis, der aus seinen weißen Shorts hing, die Eier hingen über dem Hosenbund und ein schöner Strahl ergoss sich in die Schüssel. Sebastian nahm seinen Penis nun etwa so in die Hand, wie wenn er ihn massieren würde. Noch immer plätscherte es und nun wurde er sogar etwas hart. Sebastian umfasste sein Glied nun ganz und wichste noch währendem er pisste, bis er die letzten Tropfen aus seinem Schwanz drückte und sie von seiner Eichel in die Schüssel fielen.

Nun pochte sein Herz wieder höher, als er mit seinem Ständer in der Hand dastand und seine Vorhaut über seinen Eichelkranz gleiten ließ. Es war ein schönes Gefühl. Sollte er aufhören oder weitermachen? In den Toiletten war es ruhig. Er schien der Einzige zu sein. Nur die Wasser- und Heizrohre summten leise vor sich hin. Er schluckte und hatte nur schon davon das Gefühl, gehört zu werden. Noch immer wichste er seinen Schwanz. Auch wenn er sich nicht intensiv befriedigte, schien er unglaubliche Lust zu empfinden. Er war nervös, in seinem Mund lief ihm der Speichel zusammen und gerade als er auf sein Glied spuckte, öffnete jemand die Toilettentür und zwei Franzosen kamen lautstark sprechend hinein. Sie gingen an den Kabinen vorbei zu den Pissoirs, währendem die beiden Männer weiterdiskutierten. Sebastian verstand sie nur schlecht. Er nahm nur einige Gesprächsfetzen auf und war überzeugt, dass es zwei Museumsaufseher waren, die über ihre Feierabendpläne sprachen. Als die beiden ein Stöhnen von sich hören ließen, folgte kurz darauf ein Plätschern. Sie verstummten kurz und sprachen dann weiter.

Sebastian war immer noch hart. Er bemerkte jetzt, dass er seine Hand immer noch langsam vor und zurückschob und sich seine Spucke zwischen Fingern und Penisschaft verteilte, bis hoch zur Eichel. Dann hörte er, wie sich die beiden anderen die Hände am Warmluftföhn trockneten. Er drehte sich leicht um und sah durch den Kabinenspalt am Boden, wie einer der beiden nahe an seiner Kabinentür stehen musste. Er sah die dunklen Lederschuhe und seinen Schatten am Boden. Noch immer diskutierten sie. Der eine schien wohl auf seinen Kollegen zu warten, der seine Frisur im Spiegel noch zurecht machte. Sebastian war selten so nervös gewesen wie in jener Situation. Sein Herz pochte und gleichzeitig fühlte er eine starke Lust, seinen Penis einfach weiter zu wichsen. Nun fiel ihm auf, dass wohl auch er einen Schatten auf den Boden warf. Er blickte nach unten und bemerkte, dass das Schattenbild des Penis nur kurz vor der Kabinentür auf den Boden fiel. Er verlangsamte nun seine Bewegungen in der Angst, man könnte von Aussen die Bewegungen wahrnehmen, die er mit seiner Hand ausübte. Doch von aussen war nur der Franzose zu hören, der seinen Kollegen drängte, sich zu beeilen.

Auch wenn er nun fast nicht wichste, reichte die minimalste Bewegung aus, beinahe abzuspritzen. Er spürte das Adrenalin in sich. Als die beiden schließlich nach draußen gingen und die Toilettentür zu viel, überfiel Sebastian die Lust nun vollkommen. Da er immer noch seitlich dastand, wichste er gegen die Kabinenwand. Er wollte sich bereits wieder in Richtung Schüssel umdrehen als er sich dagegen entschied und sich nun vor der Trennwand breitbeinig aufstellte. Nun massierte er seinen Schwanz fast nicht mehr. Es schien nun wie von selbst zu laufen. Er spürte wie sein Orgasmus nur noch Sekunden entfernt war und auch wenn er seine Eichel kaum stimulierte, kamen die ersten Spermatropfen aus seiner Eichel. Langsam liefen sie seine Eichel hinunter, dann strich er mit seinem Finger über seinen Eichelkranz und aus den Tropfen wurde ein richtiger Spermaschwall. Fast wie in Zeitlupe spritze es aus seinem Schwanz heraus. Erst ein größerer Strahl und als Sebastian nun wieder richtig handanlegte, seinen Penis ganz umfasste und seine Hand einmal vor und zurückschob, ergoss sich ein zweiter und dritter Spritzer direkt auf die Kabinentrennwand. Drei weißliche Spermaflecken flossen langsam nach unten und Sebastian drückte seinen restlichen Saft aus seinem Schwanz, der direkt auf den gefliesten Boden tropfe. Er genoss das Gefühl der erneuten Erleichterung. Er bemerkte, wie er seine Fersen während seines Orgasmus angehoben hatte und ließ seine Schuhe wieder festen Boden unter sich spüren. Die Spritzer an der Kabinenwand erreichten nun den Sockel und tropfen von da auf den Boden. Noch einmal schüttelte er seinen Saft ab, bevor er seinen nun leicht erschlafften Penis zurück in seine Shorts steckte.

Was für eine Sauerei, dachte er sich, als er sein Werk anschaute. Immer wieder fand er es erstaunlich, wie viel er abspritzen konnte. Er schloss seinen Hosenbund, griff nach WC-Papier und putzte seinen Saft vom Boden und der Trennwand auf und spülte die Schüssel.

Sebastian wusch sich die Hände und sah sich im Spiegel an. Seine Ohren waren gerötet, doch alles in allem schaute ihm ein attraktiver junger Mann entgegen, der soeben seinem männlichen Instinkt nachgeben musste. Er fuhr sich mit der Hand durch die Haare und machte sich kurz frisch, bevor er die Toilette wieder verließ. Am Drehkreuz wünschte er der jungen Frau am Schalter einen schönen Abend und trat wieder hinaus.

Die Sonne stand nun tief am Horizont und ein Blick auf seine Uhr sagte ihm, dass er sich sputen musste.

GEDANKEN AN DEN MANN
IN UNIFROM

In den nächsten Tagen erlebte Sebastian fast jeden Tag wieder etwas Neues. Noch am selben Abend, als er im *Palais* war, lernte er Robin, den Sohn seiner Gasteltern, kennen. Bei Robin handelte es sich um den jungen Mann, der Sebastian musterte, als sie sich im Treppenhaus trafen. Wie sich beim Essen herausstellte, hatte Robin bereits damals die Vermutung, dass es sich bei ihm um den neuen Gaststudenten seiner Eltern handeln musste. Selten hatten sie aber Studenten, die schon so gut Französisch sprachen, versicherte ihm Robin und Sebastian wusste nicht, ob er das nun ernst meinte oder nur so dahinsagte. Er nahm das Kompliment jedenfalls dankend an und schob es darauf ab, dass in der Schweiz Französisch schliesslich zu den vier Landessprachen gehörte. Er mochte es nicht, vor allen gelobt zu werden.

Er kam mit Robin schnell ins Gespräch. Er war nur zwei Jahre älter und so waren beide ungefähr in derselben Lebenslage, hatten ähnliche Interessen und hatten beide soeben ihr Studium abgeschlossen.

Auch die Sprachschule machte Sebastian Spaß und der Unterricht war überhaupt nicht mit demjenigen aus Zürich zu vergleichen. Es war alles andere als langweiliges Auswendiglernen. In seiner Klasse war er der einzige Schweizer. Neben ihm waren drei Engländer, zwei Deutsche, eine Spanierin, drei aus Italien und ein Portugiese in seiner Sprachgruppe. Sie alle verstanden sich super und die Befürchtung, nur mit Teenies in der Klasse zu sein, bestätigte sich glücklicherweise nicht. Er gehörte sogar fast noch zu den Jüngsten. Oft gingen sie alle zusammen nach dem Mittag noch etwas trinken, unternahmen gemeinsame Besuche oder entspannten in einem der Pärke.

Die Tage vergingen wie im Flug und das Wetter wurde immer frühlingshafter, so dass Sebastian mit seinen neuen Freunden aus der Sprachschule teils bis spät in die Nacht unterwegs war. Auch Robin war an den Wochenenden oft bei seinen Eltern und so freundete sich Sebastian allmählich auch mit ihm an.

Seine Freunde in Zürich hatte er die ersten zwei Wochen tatsächlich kaum vermisst, zu viele neue Eindrücke hatten ihn in Beschlag genommen. Doch als er sich dessen bewusstwurde, sagte er seinen neu gewonnenen Freunden eines Abends ab, um sich wieder einmal in der Heimat zu melden.

Kurz hatte er sogar überlegt, sich auch bei Gabriel zu melden. Er hatte sogar noch den Übungsplan der Feuerwehr geprüft und wollte ihm im Anschluss daran anrufen. Doch als er Gabriels Nummer bereits auf seinem Smartphone eingegeben hatte, entschied er sich um und sendete ihm stattdessen ein Bild aus Paris mit einigen Zeilen, wie es ihm gehe, bei welcher Gastfamilie er untergekommen ist und was er schon alles erlebt hatte. Von seinem abenteuerlichen Wichserlebnis auf der Toilette mal abgesehen.

So zogen sich seine ersten Wochen in Paris dahin, in denen er die meiste Zeit mit seinen neu gewonnenen Freunden aus der Sprachschule verbrachte. Mittlerweile war er auch mit Gabriel in regelmäßigem Austausch und jedes Mal, wenn sein Smartphone vibrierte, verspürte er eine leise Hoffnung, dass die Nachricht womöglich von ihm sein mochte. Doch dieses Gefühl nahm er nur oberflächlich wahr, so dass er sich nicht darum kümmerte, aus welchen Gründen er auf Nachrichten von Gabriel hoffte. Er redete sich ein, ihn ihm einfach nur einen neuen Freund gefunden zu haben, der im Vergleich zu seinen anderen Feuerwehrfreunden erwachsen zu sein schien und nicht nur an wilden Frauengeschichten Interesse zeigte.

VORSTELLUNG IST ALLES

Sebastian drückte das Kissen unter seinem Kopf zurecht, drehte sich zur Seite und versuchte wieder seine Augen zu schließen und dem Traum hinterherzujagen, von dem er gerade aufgeweckt wurde.

Vor seiner Zimmertür waren Schritte zu hören. Das Parkett im alten Stadthaus von Paris knarzte unter den eiligen Schritten. Dann schnappte die Badezimmertür ins Schloss und kurz darauf war ein leises Plätschern durch die dünne Wand zu hören. Robin musste über Nacht nach Hause gekommen sein, dachte sich Sebastian, denn es konnte fast nur der Sohn seiner Gasteltern sein, der im Stehen pinkelte.

Die Hoffnung aufgegeben, wieder schlafen zu können, schaute Sebastian auf den Wecker. Es war immerhin schon zehn Uhr. Seit er nun in Paris war, ist es das erste Mal, dass er nicht aufstehen musste und einfach nur liegen bleiben konnte. Es ist Samstag, der erste Tag des langen Pfingstwochenendes. Von der Schule waren keine Ausflüge geplant worden und von seinen Mitstudenten wusste er, dass sich diese erst gegen Mittag im Café treffen würden.

Das Fenster gegen den Innenhof war gekippt, so dass er aus seinem Bett heraus gerade noch knapp an die Nachbarfassade und zu den Fenstern ein paar Stockwerke über ihm sehen konnte. Mit dem Finger drückte er den Vorhang ein wenig zur Seite und schaute in den blauen Himmel.

Er genoss es, einfach liegen bleiben zu können. Auf ein Frühstück mit seiner Gastfamilie hatte er sowieso gerade keine große Lust. Zumal diese nicht gerade zu den Frühaufstehern gehörten.

Sebastian versuchte sich an seinen Traum zu erinnern, konnte diesen aber nicht mehr aus seinem Gedächtnis hervorrufen – wie so oft, wenn er etwas Schönes träumte. Ein Pochen in seinen Boxershorts verriet ihm, dass es ein sehr angenehmer Traum gewesen sein musste.

Er lag auf dem Rücken, einen Arm hatte er nun hinter seinen Kopf gelegt. Er schlief am liebsten oben ohne und sah über seine kurz getrimmten Brusthaare seine glänzende Eichel auf seinem Bauch liegen. Bei jedem Herzschlag pochte sein Glied kurz nach oben und streifte seine Boxershorts. Es war ein angenehmes Gefühl. Er spreizte seine Beine unter der leichten Decke ein wenig, so dass seine Eier nicht mehr an seinen Oberschenkel klebten und überlegte, wann er eigentlich das letzte Mal Hand angelegt hatte.

In den letzten Tagen ist er oft mit einer Morgenlatte aufgewacht, fand aber nie Zeit, sich um sein bestes Stück zu kümmern. Er stand jeweils vor seiner Gastfamilie auf, um sich im Bad ungestört für die Schule fertigmachen zu können. Allerdings empfand er es nicht gerade sehr anziehend, sich im gemeinsam genutzten Bad zu befriedigen.

Doch an diesem Morgen sehnte er sich so sehr nach einer zärtlichen Berührung, dass er seinen Penis nicht einfach ignorieren konnte. Er führte seine Hand in seine Shorts und strich mit seinem Zeigefinger langsam über seine Eichel, die aus den Shorts schaute. Sofort zuckte sein Penis hoch und wurde noch ein wenig härter.

Er betrachtete das Bild, das direkt über dem Bett hing und er noch gar nicht richtig angeschaut hatte. Es passte zur leicht hellblau gestrichenen Wand, die mit einem grauen Fries in die

Decke überging. Das Bild musste irgendeine Stadt im Süden abbilden. Im Vordergrund waren Zitronenbäume zu sehen, an denen reife Früchte hingen, die jeden Moment vom Baum zu fallen schienen. Im Hintergrund war eine Hügelkette mit weiteren Bäumen sowie einem Wegnetz und diversen kleinen Häusern und Höfen zu sehen. Die ganze Szenerie war in einen Sonnenuntergang gehüllt worden, wie es kitschiger kaum sein konnte.

Sein Arm lag immer noch hinter seinem Kopf. Während er das Bild betrachtete, fuhr er weiter mit seinem Finger über seinen Penis, seine Erregung steigerte sich so sehr, dass er von seinen Berührungen Gänsehaut bekam. Er mochte es, nicht gleich zuzupacken, sondern langsam eine Erregung in ihm hochkommen zu spüren. Er blickte immer noch auf das Bild und fragte sich, wie viele Studenten vor ihm wohl schon so wie er jetzt im Bett lagen.

Er musste sich an das Bild von Gabriel erinnern, dass ihm Camille am ersten Tag gezeigt hatte. Wie es der Zufall wollte, wurde Gabriel in seinem Sprachaufenthalt zur selben Gastfamilie geschickt. Seine Gastmutter hatte es sich zur Gewohnheit gemacht, jeden Studenten zu fotografieren und das Foto in ein Album zu kleben. Als sie dann erfuhr, dass Sebastian aus derselben Region um Zürich kam, schwärmte sie von einem Jungen, den er bestimmt kennen müsste und zeigte ihm daraufhin das Album. Er musste sich das Foto allerdings zwei Mal anschauen, bis er sicher war, dass es wirklich sein Kumpel aus der Feuerwehr war.

Gabriel war viel größer als er, auch ein wenig breiter, dachte er sich. Hatte er sich in diesem Bett strecken können? Beim Gedanken daran, dass dieses Bild womöglich bereits Gabriels Schwanz in seiner vollen Pracht gesehen hatte, zuckte Sebastians eigener Schwanz unwillkürlich heftiger.

Sebastian wusste nicht recht, wieso ihn der Gedanke daran, sich Gabriel wichsend in dem Bett vorzustellen, so spitz machte. Klar, er war attraktiv, das musste sogar er selbst zugeben. Aber noch lieber wäre ihm jetzt die feuchte Vagina von Hanna gewesen... oder die Brüste der vollbusigen Valentina, die mit ihm im Französischkurs saß und ihm schon ab und zu einen verstohlenen Blick zuwarf.

Er merkte, wie sein Puls nun schneller schlug und sich der Speichel im Mund sammelte, den er in diesem Moment am liebsten zwischen zwei Brüste gespuckt hätte, bevor er dann seinen Schwanz darin anfeuchtete und seine Eichel genüsslich dazwischengeschoben hätte.

Sebastian schloss seine Augen. Als er gerade seinen dicken Schwanz zwischen den Titten stecken hatte, funkte plötzlich jemand zwischen seine Gedanken. Als er an sich runterschaute, lag ein oberkörperfreier Gabriel unter ihm, so wie Valentina gerade noch Sekunden zuvor da lag. Doch anstelle, dass sein Schwanz von warmen, spuckfeuchten Brüsten umgeben ist, drücke Sebastian sein Glied auf die Brust von Gabriel. Sebastian spucke auf seinen Schwanz, verfehlte diesen jedoch und sah, wie seine Spucke gleich neben Gabriels Nippel landete, kurz haften blieb und dann seine gut gebaute Brust hinunterlief.

»Reib deinen Prügel über meine Nippel«, sagte Gabriel mit geschlossenen Augen, während Sebastian über ihm kniete. Sein Schwanz zuckte und brauchte nur wenige Berührungen, um immer wieder pochend senkrecht nach oben zu schnellen. Er spürte wie seine Eier auf dem Bauch von Gabriel zu liegen kamen, wenn er sich zurücklehnte. Er fasste seinen Penis am Ansatz, spuckte Gabriel nun auf den anderen Nippel und umkreise diesen mit seiner Eichel. Die Adern an Sebastians Schwanz waren nun völlig gefüllt. Schon lange war er nicht mehr so hart und kurz vor dem Orgasmus gewesen, obwohl er seinen Penis noch gar nicht richtig umfasste.

»Gefällt dir das?«, hörte er Gabriel stöhnen. Sebastian hörte dessen Eier auf dem Bettlaken auf und ab prallen, immer lauter und fester. Sebastian glaubte sogar, Gabriels Schwanz an seinem Arsch zu spüren. Sein Prügel musste so groß sein, dass seine Eichel beim Wichsen bis an Sebastians Pobacken knallte. Gerade als er weiter zurücklehnen wollte, um Gabriels Glied auf seiner Haut zu spüren, wurde er aus seinen Gedanken gerissen und das Klopfen an seiner Zimmertür wurden lauter.

»Das Bad ist frei«, hörte er Robin von aussen sagen. Sebastian packte rasch sein Lacken über seinen immer noch pochenden Schwanz. Er konnte Robins Silhouette durch das Milchglas sehen.

Mist, jetzt hat er mich sicher wichsen gesehen, dachte sich Sebastian, doch Robins Schatten hatte sich bereits wieder von der Tür entfernt.

Er legte sein Lacken zurück, seine Eichel war feucht, doch der Schreck, womöglich gesehen worden zu sein, ließ sein Penis erschlaffen. Sebastian zog sich seine Shorts wieder an, trat nach draussen auf den Flur und wollte duschen gehen, als er sah, dass die Tür zu Robins Zimmer offenstand.

»Meine Eltern sind übers Wochenende weggefahren«, tönte es aus Robins Zimmer, der anscheinen gehört hatte, dass er aus dem Zimmer kam.

»Stimmt«, entgegnete Sebastian, »sie hatten vor ein paar Tagen etwas gesagt«, erinnerte er sich wieder und stand nun unter Robins Türrahmen. Dieser trocknete sich gerade die Haare mit seinem Handtuch und drehte sich um, als er bemerkte, dass Sebastian im Türrahmen stand.

»Ah sorry, ich dachte, du wärst bereits wieder angezogen«, sagte Sebastian und wollte gerade kehrtmachen und in Richtung Bad.

»So prüde?«, entgegnete Robin, »hast du in der Umkleide noch keine anderen Männer nackt gesehen«, lachte er.

»Natürlich schon«, gab Sebastian zurück, »nur bist du keiner meiner Fußballkollegen.«

Er hatte während seiner Zeit in Paris schon ein paar Mal mit Robin gesprochen, doch noch nie, ohne dass noch andere anwesend gewesen wären. Sie verstanden sich bereits von Beginn an super. Dass er bei Frauen gut ankam, wusste Sebastian, denn im Ausgang haben sie sich schon ab und zu zufällig im selben Club getroffen.

»Ich wollte dir nur mitteilen, dass ich am Nachmittag weg bin«, sagte Sebastian.

»Wo geht's denn hin?«, frage Robin, der sein Handtuch nun aufs Bett warf, kurz nach seinen Boxershorts suchte und sich komischerweise ordentlich Zeit lies, die Shorts hochzuziehen.

»Ähm, ins *Angelina*« sagte Sebastian ein wenig irritiert und schaute gerade noch rechtzeitig hoch, um ihm nicht den Eindruck zu vermitteln, auf seine Ausbuchtung geschaut zu haben.

»Bist du sicher, noch nie einen anderen Schwanz gesehen zu haben«, lachte er Sebastian an, warf ihm sein nasses Handtuch entgegen und drückte sich an ihm durch die Tür vorbei in Richtung Küche.

»Halt die Klappe«, sagte er genervt und schmiss ihm sein Handtuch hinterher. »Du scheinst derjenige zu sein, der wieder mal eine im Bett haben müsste.«

Er verschwand ins Bad und stieg in die Dusche, drehte das Wasser auf Lauwarm und stellte sich darunter. Er war immer noch ein wenig Spitz. Auch wenn sich dies gerade nicht in Form eines Ständers zeigte, spürte er ein Kribbeln in sich. Er wusch sich zu Ende, zog sein Handtuch von der Stange, wickelte es sich um die Hüfte, putzte sich die Zähne und ging zurück in sein Zimmer und schloss die Tür.

»Viel Spaß beim du-weißt-schon-was«, klang es spöttisch durch die verschlossene Tür, als Sebastian gerade sein Handtuch von der Hüfte nahm und seinen inzwischen wieder leicht hart gewordenen Penis massieren wollte. Wer kommt nur auf die beschissene Idee, Milchglas in eine Zimmertür einzubauen, regte sich Sebastian auf und hatte nun definitiv keine Lust mehr. Er wusste zwar, dass es nur ein dummer Spruch von Robin war, entschied sich dennoch lieber jetzt schon seine Freunde in der Stadt zu treffen, als noch weiter in seinem Zimmer zu sitzen.

EIN SCHATTENSPIEL
MIT HAPPY END

Möglichst leise versuchte Sebastian die schwere Eichentüre zu öffnen, um Robin nicht aufzuwecken. Das Treffen mit seinen Freunden zog sich vom Nachmittag bis über den Abend hin.

Er hing seine Jacke an den Hacken, schloss die Tür hinter sich wieder ab und ging auf Zehenspitzen zuerst in die Küche. Nachdem er fast zwei Gläser Wasser getrunken hatte, in der Hoffnung, der Kater morgen früh würde weniger stark ausfallen, ging er direkt ins Bad.

Zähne putzend und gedankenversunken stand er unter der Dusche und schaute an sich hinunter. Die vielen Feuerwehrübungen schienen sich langsam zu lohnen, dachte er, als er sich musterte. Er merkte, dass er beduselt war und musste selbst lachen, weil er sich irgendwie frei und hemmungslos fühlte. Das Wasser lief zwischen seiner Brust entlang über seinem Bauch hinunter. Er spuckte den Schaum der Zahnpaste über seine Brust, die er leicht zusammendrückte, damit der Schaum dazwischen floss und über seinen Bauch auf seinem nun halb harten Schwanz landete. Er spuckte den restlichen Schaum ebenfalls auf seinen Penis und begann diesen in seiner hohlen Hand hin und her zu schieben.

Sebastian spürte wieder das Kribbeln in sich, dass er bereits am Morgen verspürte. Ein Gefühl, als ob all sein Blut in seinen Penis schoss und ihn pochen und zucken ließ.

Es gibt nun keinen Grund, mir nachher im Bett nicht genüsslich eins zu wichsen, dacht er sich. Robin würde schlafen und ihn nicht wieder stören können. Er stellte das Wasser ab und schnappte sich sein Handtuch, stellte seine Zahnbürste verkehrt herum ins Zahnglas und knipste das Licht aus. Noch nicht einmal richtig trocken, verließ er das Bad wieder auf Zehenspitzen, um in sein Zimmer zu huschen. Als er schon fast auf der Schwelle seiner Zimmertür stand, sah er aus dem Wohnzimmer einen Lichtschein der Leselampe.

Was ist so schwer, das Licht zu löschen, ärgerte er sich und schlich mit seinem mittlerweile senkrecht stehenden Penis unter dem Handtuch versteckt in Richtung Wohnzimmer. Als er näherkam, verlangsamte er abrupt seine Schritte.

»Verdammt, bück dich, ich steck ihn dir ganz rein«, hörte Sebastian jemanden stöhnen. Er hörte eine laute Atmung, sah aber niemanden.

»Ich ficke dich, bis du kommst«, hörte er dieselbe Stimme noch einmal stöhnen. Sebastian war einen kurzen Moment wie angewurzelt stehen geblieben und sah dann an der gegenüberliegenden Wand einen Schatten in Form eines riesigen Schwanzes, der in langsamen Bewegungen in etwas hineinzugleiten schien. Es klang glitschig, als der Penis völlig in das komische Etwas eingedrungen war, kurz eine Weile in der Position verweilte und dann nochmals mit ein, zwei Stößen weiter vorgedrungen ist. Der Riesenprügel wurde wieder herausgezogen und im Schattenbild sah Sebastian nun den Penis in seiner vollen Pracht.

Sebastian bewegte sich noch immer nicht, sein Handtuch hatte sich mittlerweile von seiner Hüfte gelöst. Er realisierte langsam, was geschah. Hat er gerade Robin auf der Couch entdeckt, der eine Taschenmuschi fickt? Völlig perplex sah er, wie Robin seinen Schwanz mit seiner Hand ein paar Mal wichste und ihn dann wieder in die Taschenmuschi stecke.

Diesmal stöhnte er noch ein wenig lauter auf und er drückte seine Hüfte hoch in die Luft, um möglichst tief in die Taschenmuschi zu gleiten. Er stemmte sich so hoch, dass sein Schwanz kurz über dem Sofarand zu sehen war.

Er stellt sich wohl gerade vor eine seiner Freundinnen säße auf ihm, dachte sich Sebastian. In diesem Moment streckte sich Robin auf dem Sofa und bewegte mit einer seiner Armbewegungen wohl unabsichtlich die Leselampe. Als er seinen Schwanz wieder aus der Taschenmuschi zog und wieder seine Hand anlegte, drückte er seine Hüfte abermals in die Höhe. Als seine Eichel dieses Mal über dem Sofarand zu sehen war, blieb Sebastian kurz der Mund offenstehen. Er blickte auf eine glänzende, rosafarbene, feuchte und prachtvolle Eichel, die sich gerade aus Robins Hand drücke.

»Nicht schlecht« kam es aus Sebastian heraus. Er hätte nicht gedacht, dass Robins Schwanz so groß sein würde.

Die Hand von Robin verharrte für einen Moment, dann senkte sich sein ganzer Körper wieder ab und plötzlich blickte Sebastian in Robins Gesicht, welches über dem Sofarand auftauchte.

»Alter, was machst du, ähm ich wusste nicht...« sprudelte es peinlich berührt aus ihm heraus. »Ich dachte du seist heute Nacht bei Freunden. Ähm... ich wollte eigentlich gleich ins Bett«.

»Ins Bett?«, entgegnete Sebastian, der langsam die Fassung wieder gefunden hatte. »Als ich heute Morgen meinte, du sollst wieder Mal eine abschleppen, habe ich eine *richtige* Frau gemeint und keine Silikonmuschi«, grinste er Robin an.

Erst jetzt fiel ihm allerdings auf, dass er immer noch nackt auf der Türschwelle stand und bückte sich rasch, um sein Handtuch wieder um die Hüften zu binden.

»Halt die Schnauze, jeder muss mal Druck ablassen. Wehe du erzählst das jemandem«, sagte Robin und im selben

Moment war zu hören, wie er seinen Schwanz mit einem leisen *plopp* aus der Silikonmuschi zog. »Was machst du überhaupt Nackt hier im Wohnzimmer, dein Zimmer ist doch neben dem Bad.«

»Ich kam gerade erst nach Hause und als ich aus der Dusche kam, sah ich das Licht hier brennen. Hätte ich gewusst, dass du es dir gerade besorgst, würde ich nicht hier stehen. Aber mach ruhig weiter, lass dich nicht stören. Ich wollte eh grad in mein Zimmer zurück«, sagte Sebastian und wollte sich gerade zum Gehen umdrehen.

»Und wohl selbst wichsen, was?«, hörte er Robins Stimme und abrupt blieb Sebastian stehen. Warum wusste er das, dachte er sich, doch Robin gab ihm die Antwort gleich selbst.

»Also nun stell dich nicht so an, deinen halbsteifen Ständer habe ich schon gesehen«, lachte Robin nun, als er gesehen hatte, dass Sebastian peinlich berührt dastand. Nun blickte Sebastian selbst an sich herunter und nahm durch das Badetuch deutlich seine Beule war. Es war ihm nicht bewusst, dass diese so deutlich hervortrat.

»Ja, und wenn schon?«, fragte Sebastian gleichgültig zurück, »ist doch nur normal. Außerdem scheint deiner immer noch zu pochen, du warst wohl kurz vorm Abspritzen, hab ich recht? Wie gesagt, mach ruhig weiter, es stört mich nicht.«

»Wenns dich nicht stört und du sowieso auch vorhattest, dir eins runterzuholen, warum nicht gleich zusammen?«

Sebastian pochte das Herz nun schneller und er hatte das Gefühl, dass Robin es sogar Hören musste. Er war mit der Situation überfordert. Einerseits hatte Robin recht, es war schon zu lange her, dass er sich selbst berührte, und sein Penis schien es ja zu verraten. Und jetzt, nachdem er Robins Schwanz gesehen hatte, musste er Druck ablassen. Andererseits hatte er sich noch nie in Gegenwart eines anderen Mannes eins runtergeholt, beziehungsweise sich auch nur berührt. Gleichzeitig spürte er schon seit Langem, wie es ihn reizte, einmal seine sexuelle Lust mit dem gleichen Geschlecht auszuleben. Sebastian hatte einen Kloß im Hals. Was sollte er tun? Doch eigentlich wusste er die Antwort, seine Nervosität schien es ihn nur noch nicht realisieren zu lassen und im nächsten Moment ließ er sein Badetuch fallen, das kurz an seinem nun vollständig erigierten Penis hängen blieb, bevor es auf den Boden fiel.

Er schluckte und Schritt dann langsam auf den gegenüberliegenden Sessel vom Sofa zu. Es schauderte ihn ein wenig, da es nun ohne Badetuch etwas frisch war. Aus dem Augenwinkel sah er, wie Robin immer noch auf dem Sofa lag und er seinen Penis in der Hand hielt. Im Licht der Leselampe glänzte die mit Gleitgel eingeriebene Eichel.

»Ich wollte ehrlichgesagt heute Morgen schon Druck ablassen, aber dann kamst du ja dazwischen«, sagte Sebastian, als er sich auf den Sessel gesetzt hatte. »Und da ich dich jetzt erwischt habe, macht es ja auch keinen Unterschied mehr, ob jeder für sich abspritzt oder gleich zusammen.« Er sah nun Robin zum ersten Mal richtig an und es schien ihm, als würde auch ihm das Herz pochen.

»Ich bin da ehrlichgesagt ganz gechillt. Ich meine... jeder Mann hat einen Schwanz und jeder lässt mal Druck ab«, sagte Robin mit nun etwas gebrochener Stimme und gerötetem Gesicht.

Für beide schien es eine unerwartete Wendung des Abends zu sein, sich vor einem anderen Mann völlig zu entblößen. Robin lag immer noch mit einer Hand hinter dem Kopf auf dem Sofa, seine Achselhaare waren kurz getrimmt, ebenso seine Brust und Schamhaare. Die Beine hatte er leicht angewinkelt, so dass Sebastian seinen prallen Penis gut sehen konnte.

Sebastian rutschte im Sessel etwas weiter nach hinten und spreizte langsam seine Oberschenkel auseinander, damit seine Eier dazwischen baumeln konnten. Als er seine Eier kurz umfasste und dann seinen Schwanz begann zu wichsen und leicht stöhnte, sah er, wie Robin im selben Moment ebenfalls aufstöhnte und seinen Penis härter zu wichsen begann.

Beide blickten sich an. Sebastian blickte Robin ins Gesicht und er nahm an seinen Gesichtszügen wahr, dass er es sehr genoss, ihm beim Wichsen zuzusehen. Seine Augen machten den Eindruck, alle Hemmungen fallen zu lassen. Als Sebastian seinen Blick weiter über Robins Brust schweifen ließ, nahm er seinen harten Nippel wahr. Robin war gut trainiert, so dass sich seine Brust gut abzeichnete. Er ließ seinen Blick weiter nach unten gleiten. Robins Bauch hob und senkte sich schnell. Er musste schnell atmen und Sebastian blickte über seinen Flachen bauch bis zum Ansatz seiner Schamhaare bis hin zu seinem großen Schwanz, den Robin mit seiner Hand von ganz unten bis hoch zur Eichel massierte und ihn dabei leicht nach vorne drückte. Seine Eier waren noch nicht ganz zusammengezogen und so klatschen sie gegen seinen Unterschenkel.

Sebastian begann nun schneller zu wichsen, da er spürte, wie sehr ihn den Anblick von Robin, wie er Nackt und hemmungslos auf dem Sofa sich selbstbefriedigte, erregte. Sebastian bemerkte, dass auch Robin ihn von unten bis oben betrachtete. Doch er bemerkte nicht, dass Sebastian ihn dabei beobachtete und so legte er eines seiner Beine auf die Seitenlehne seines Sessels. Robins Blick blieb auf seinen Schwanz und seinen Eiern hängen. Sebastian ließ nun ebenfalls seine Hemmungen fallen. Er drückte sich im Sessel noch ein wenig weiter vor, so dass er seine Arschbacken noch mehr spreizen konnte. Immer wenn er dermaßen Spitz war, fühlte er um seinen Anus ein angenehmes Gefühl und wollte es so weit wie möglich spreizen.

Robin entging dies nicht und auch er legte eines der Beine auf die Sofalehne. »Verdammt, ich wusste nicht, dass es mich so anmacht«, sagte Robin leise, »so was hatte ich noch nie.«

»Ich weiß nicht, wie lange ich meinen Cum noch zurückhalten kann«, antwortete ihm Sebastian nach einer kurzen Pause und stöhnte, »wollen wir gleichzeitig abspritzten?«

»Ich zähle von zehn herunter, bei eins lassen wir uns komplett fallen und spritzen, was das Zeug hält, einverstanden?«, sagte Robin und seine schnelle, aufgeregte Atmung war nun deutlich in seiner Stimme zu hören.

»Zehn«, sagte Robin und beide legten den Kopf zurück.

»Neun«, sie wichsten nun schneller.

»Acht«, Sebastian legte nun auch sein anderes Bein auf die Stuhllehne.

»Sieben«, Robin setzte sich aufrecht hin und spreizte seine Beine, so dass seine Eier vor dem Sofarand baumelten.

»Sechs«, Sebastian sah nun direkt auf Robins Schwanz, der soeben nochmals auf seine Eichel spuckte und diese an seinem definierten Bauch entlang rieb und die Spucke verteilte.

»Fünf«, Robin legte den Kopf nun leicht zur Seite und blickte auf Sebastians Oberschenkel. Er seufzte vor Lust.

»Vier«, Sebastian befeuchtete seine Eichel kurz mit Spucke, wechselte die Hand und begann mit der nun freien und ein wenig Feuchten rechten Hand unter seinen Eiern bis zum A-nus entlang zu streicheln.

»Drei«, Robin legte seinen Kopf zurück und stöhnte so laut wie noch nie an diesem Abend. Er nahm nochmals die Taschenmuschi und streifte sie sich noch ein paar Mal über seinen Prügel.

»Zwei«, Sebastian griff mit der freien Hand seine Arschbacke und zog sie seitlich weg, so dass sich sein Loch spannte. Beide stöhnten nun beim Anblick des jeweils andern.

»Eins.« Mit einem lauten Seufzen, Stöhnen und »Ahhhhhh« spritzte Sebastian seine Ladung in die Luft. Sein erster Spritzer flog in die Höhe und kann wieder direkt auf seiner Eichel zu landen. Im selben Moment spritzte er ein zweites Mal und sein

Sperma floss seinen Schaft hinunter, seinen Eiern entlang und als er den feuchten Saft auf seinem Loch spürte, jagte er einen dritten Spritzer so weit nach vorne, dass er auf dem Beistelltisch landete.

Auch Robins Schwanz tropfte inzwischen. Sein Saft lief seiner Eichel entlang über seine Eier hinunter. Auch auf seiner Brust waren ein, zwei Spermakleckse zu sehen. Doch als er Sebastian Spritzer auf den Beistelltisch sah, drückte er seinen Schwanz ebenfalls nach vorn und ein letzter, heftiger Stoß durch seine Taschenmuschi entlockte ihm einen weiteren Spermaschwall, der sich auf den Tisch neben Sebastians Spritzer ergoss.

Beide wichsten ihre versauten, glitschigen Schwänze, bis sie zur Ruhe kamen und noch immer drückte sich der ein oder andere Tropfen aus den Schwänzen. Sebastian genoss den Moment, wie er mit gespreizten Beinen vor Robin saß und diesem das Sperma von der Brust tropfte.

»Selten so viel abgespritzt wie gerade eben«, sagte Robin, der aufgestanden war und kurz in seinem Zimmer verschwand. Als er zurückkam, schmiss er Sebastian ein Tuch entgegen.

»Hier zum Saubermachen. Dein Cumshoot war ja besser als in jedem Porno.« Er lachte und wischte sich seine Brust und seinen immer noch leicht harten Schwanz sauber.

»Wie gesagt, seit heute Morgen war da Druck drauf,« grinste Sebastian zurück und war für einen kurzen Moment fast wie gelähmt, als er seine Beine von der Sessellehne hob. Sein Sperma klebte zwischen seinen Arschbacken.

Er wischte seine und Robins Spritzer vom Tisch weg, »gut haben wir die Zeitungen nicht getroffen.«

»Hatte ich auch schon einmal vollgespritzt und wenn du wüsstest, was dieses Sofa und der Sessel schon alles gesehen haben«, sagte Robin und im Licht der Leselampe sah

Sebastian, wie er immer noch am Grinsen war. »Aber sowas wie heute war mit Abstand was Neues.«

»Kann ich dir nicht verübeln, der Sessel fühlt sich gut an auf der nackten Haut«. Sebastian zwinkerte Robin zu. »So, ich geh jetzt definitiv pennen. Gute Nacht und lass das unser Geheimnis bleiben, ja?«

Robin hob kurz die Hand, um seine Zustimmung zu signalisieren und knipste danach das Licht der Leselampe aus. Beide verschwanden in ihre Zimmer und nach kurzer Zeit war nur noch ein befriedigendes, wohliges Schnarchen zu hören.

DIE EINSICHT, ANDERS ZU SEIN

Als Sebastian am nächsten Morgen aufwachte, sah er seine Unterhosen am Bettende baumeln. Nach dem Abenteuer am Vorabend fühlte er sich so erschöpft, dass er nur noch in sein Zimmer ging und sich nackt schlafen legte. Jetzt lag er wach da, die Bettdecke zurückgeschlagen, so dass sein schlaffer Penis seitlich auf seinem Oberschenkel lag. Als Sebastian an sich hinunterschaute, bemerkte er noch einige weiße Rückstände in seinen Brusthaaren. Unweigerlich musste er daran denken, wie Robin und er sich gestern Abend gegenseitig beim Wichsen unterstützten. Gleichzeitig kam in ihm ein Gefühl auf, etwas Abnormales getan zu haben. Etwas Schmutziges, das sich eigentlich nicht gehörte. Er strich über seine Brusthaare, bis das weiße Zeugs verschwunden war und schnappte sich seine Boxershorts und zog sie an. Er wollte nicht mehr an gestern Abend denken. Komischerweise hatte er diese Gedanken und Gefühle nie, wenn er mit Frauen geschlafen hatte.

Für einen Moment versuchte Sebastian dieses Gefühl, etwas nicht Normales getan zu haben, zu verdrängen und redete sich ein, das sei eine einmalige Sache gewesen. Seiner Geilheit verschuldet, da er ja den ganzen Tag schon die Lust verspürt hatte, Druck abzulassen. Robin sei halt einfach gerade da gewesen. Eine zufällige Verkettung von Umständen, die schließlich zu diesem Abenteuer geführt hatten. Wieso musste sich

Robin im Wohnzimmer befriedigen? Jeder normale Mensch macht das für sich in seinem Zimmer, dachte Sebastian. Er merkte, wie er versuchte, die Schuld Robin zuzuschieben. Ja, im Grunde hatte Robin ihn dazu verleitet, seinen eigenen Schwanz auszupacken, dachte er sich.

Mit der zurechtgelegten Begründung, wieso es am Vorabend zu dieser Situation gekommen war, gab er sich zufrieden und entschied spontan, sich bei Hanna zu melden. Er hielt sich kurz, fragte, wie es ihr gehe und was sie gerade so machen würde, und fügte ein zweideutiges Smiley hinzu.

Wieder mit einem etwas besseren Gefühl und dem Gedanken daran, wie er sie zum Abschied über der Sofakante hart rangenommen hatte, verließ er sein Zimmer und schlich ins Bad. Er wollte duschen und sich gründlich Waschen. Robin wollte er möglichst nicht begegnen.

Als er kurze Zeit später vor dem beschlagenen Spiegel stand und sich gerade die Zähne putzte, klopfte es an der Tür.

»Einen Moment noch, ich bin gleich fertig«, rief er mit dem Mund voller Schaum. Er spuckte ins Waschbecken, putzte sich sein Mund sauber und öffnete die Tür.

Sebastian stockte der Atem. In der Tür stand Robin mit einer Tasse Kaffee in der Hand, und zwar nackt. Er machte sich nicht einmal die Mühe, ein Handtuch um die Hüften zu tragen.

»Kann ich duschen gehen?«, fragte Robin und nahm einen Schluck aus seiner Tasse. »Meine Eltern sind immer noch weg, falls du es vergessen hast. Du kannst auch nackt rumlaufen.« Er schob sich an ihm vorbei, stellte den Kaffee auf den Spülkasten, stieg in die Dusche und zog den Vorhang zu.

»Hör mal Robin... wegen gestern Abend...«, begann Sebastian, doch er wurde sogleich unterbrochen.

»Fang jetzt bitte nicht damit an, dass es ein Fehler war«, sagte Robin und klang aus irgendeinem Grund genervt. »Wir waren beide Spitz und hatten Spaß. Ich bereue nichts, ich fand es sogar ziemlich geil, wenn ich ehrlich bin. Doch ich will jetzt deswegen nicht mehr von dir und ich glaube auch kaum, dass du mehr erwartest. Also einigen wir uns doch einfach darauf, dass wir einen geilen Abend hatten, nichts weiter.«

»Ähh, okee, darauf war ich jetzt nicht vorbereitet, aber ja, ich gebe dir recht. Es war was Einmaliges und nichts weiter. Daher hätte ich auch nichts dagegen, wenn wir trotzdem unsere Shorts anziehen könnten, auch wenn deine Eltern nicht zu Hause sind.« Sebastian merkte, dass er ebenfalls genervt und zugleich angriffslustig klang.

»Von einmalig habe ich nicht gesprochen, aber ich nehme das gerne so zur Kenntnis«, rief Robin hinter dem Duschvorhang hervor, »es hat übrigens noch Kaffee auf dem Herd.«

Etwas perplex ging Sebastian in sein Zimmer zurück und zog sich an. Seine Gedanken konnte er gerade nicht richtig fassen. Warum war Robin genervt und was meinte er mit ›von einmalig habe ich nicht gesprochen‹. Er schmiss seine Socken in die Ecke und ging barfuß in die Küche, wo er sich den übrig gebliebenen Kaffee in eine Tasse füllte. Er setzte sich an den Tisch. Seine Augen schauten ins Leere. Nach dem ersten Schluck ließ er die Tasse langsam sinken. Er hatte weder Hunger noch Appetit, ihm war übel.

Er saß noch einige Zeit so in der Küche, als Robin wieder im Türrahmen erschien. Dieses Mal war er angezogen.

»Tut mir leid, wenn ich vorhin vielleicht etwas genervt reagiert habe. Ich habe es satt, dass Typen wie du immer zu stolz sind, einfach einzugestehen, dass euch nicht nur Muschis, sondern auch Schwänze gefallen. Ich versteh euer Problem nicht ganz«, sagte Robin, der nun hinter der Kühlschranktür verschwand.

»*Euer Problem?*«, fragte Sebastian ungläubig nach.

»Ja, deines und das vieler Heteros, die glauben, gleich als Schwuchtel abgestempelt zu werden, wenn sie mal die Schwänze vergleichen.«

»Wie kommst du darauf, dass ich zu dieser Gruppe von Heteros gehöre?«

»Keine Ahnung. Dein Erklärungsversuch vorhin im Bad. Wieso wolltest du das von gestern Abend thematisieren? Ich dachte, du seist endlich mal einer, der einfach lebt, Spaß hat, nicht alles hinterfragt. Einfach einen Scheiß darauf gibt, was die Gesellschaft darüber denkt.«

»Es ist mir egal was andere denken!« gab Sebastian prompt zurück und noch bevor er es fertig ausgesprochen hatte, wusste er, dass er log. Er fühlte, wie sich ein Kloß im Hals breit machte.

»Ich mache dir keinen Vorwurf. Das gestern hat sich halt einfach ergeben. Aber wärst du nicht interessiert gewesen, wärst du einfach gegangen. Ich steh jedenfalls dazu auf Frauen und Männer zu stehen. So what.« Robin sah Sebastian an und sagte nichts. Auch Sebastian fand gerade keine Worte.

»Ich habe mich verabredet mit Freunden im *Mes Amis*, falls du später dazustoßen willst... du bist herzlich willkommen.« Robin hatte im Kühlschrank nichts gefunden, was er auf die Schnelle verdrücken konnte. Er schloss die Kühlschranktür und drehte sich nochmals zu Sebastian um. »Wenn du reden magst, können wir auch danach noch zu zweit was trinken gehen, ich muss jetzt los.«

Sebastian reagierte nicht. Sein Kaffee hatte er immer noch in der Hand. Er nahm einen weiteren Schluck. Robin steht auf Männer und auf Frauen, dachte er sich. Die Worte klangen in seinem Gedächtnis nach. Geht das, fragte er sich. Er hörte die Eingangstür ins Schloss fallen und Robin die knarzende Holztreppe hinuntergehen.

Langsam sah er wieder klarer und der Kloß löste sich. ›Einfach leben, Spaß haben‹, das waren die Worte gewesen, die ihm nun durch den Kopf gingen. Genau das, weswegen er doch nach Paris wollte. Weg von seinem Heimatdorf. Oder war Sebastian insgeheim auf der Flucht? Geflüchtet von einer konservativen Gesellschaft, die nur das Heteronormativ kannte? Einer Gesellschaft, die mit Scheuklappen sonntags auf der Kirchenbank sitzt und denkt, es gebe nur eine Beziehung zwischen Mann und Frau? Sebastian gingen so viele Gedanken durch den Kopf, dass er einen Moment brauchte, um sie zu ordnen.

Fand er es gestern Abend schön, mit Robin seine Lust auszuleben, fragte er sich. Wenn er tief in sich hineinblickte, musst er sich eingestehen, dass er selten so große Lust empfunden und sich einfach hatte gehen lassen können, wie gestern in jenem Sessel. Er musste Robin nichts beweisen, musste ihn nicht bis zum Orgasmus bringen. Er konnte ganz sich selbst sein. Niemals hätte er sein Loch vor Hanna so berührt wie er es gestern getan hatte. Zu unmännlich wäre es gewesen, nicht normal für einen Mann.

Doch was ist schon normal, wer schreibt vor, was normal ist? Sebastian saß noch immer in der Küche. So wollte er nicht weiter machen, er wollte sich nicht in ein Bild einpassen, dass von der Gesellschaft vorgegeben wird. Wenn er Lust hatte, auch Spaß mit Typen zu haben, dann war das nur sein Ding, niemand sonst hätte es zu kümmern, mit wem er sich hingab.

So langsam bekam sein Gesicht wieder Farbe. Er fühlte sich nun um einiges wohler. Es würde zwar noch einige Zeit brauchen, bis er sich wirklich eingestehen konnte, auf Männer und Frauen zu stehen. Nur schon, dass er die Gedanken zuließ, hätte er bis vor Kurzem noch nicht für möglich gehalten. Doch er wollte sich nichts mehr vormachen.

»Wenn ich Typen attraktiv finde, dann weil sie mir gefallen, nicht weil ich ihren Stil gut finde oder gerne so sein möchte wie sie«, sagte er sich. Er dachte an früher zurück. Bereits damals gab es Typen, meist ein oder zwei Klassen über ihm, die er bewunderte.

So eine Scheiße, dachte er sich. Wieso hatte er nur so lange gebraucht, um zu merken, dass er auf Frauen und auf Männer steht? Anscheinend war es erst nötig, nach Paris zu kommen. Was ihn im Nachhinein aber nicht erstaunte. Schließlich hätte er sich diesen Schritt in seinem Heimatdorf nicht vorstellen können. Es wäre das Thema Nummer eins gewesen... Oder wird es das sogar, wenn er zurückkehren würde? Wird er dort immer noch den Heterotypen spielen müssen?

Er schaute aus dem Fenster, an dem nun Regentropfen herunterliefen. Er verdrängte den Gedanken. Bis er zurückkehrte, würde es noch eine Weile dauern. Wie es Robin vorhin gesagt hatte, will er das Leben genießen und herausfinden, was er wirklich will... und sich ausleben. Jetzt, da er wusste, wie es ihn angeturnt hatte mit Robin zu wichsen, wollte er sich gar nicht vorstellen, wie es sein muss, wirklich mit einem Mann zu schlafen.

In diesem Moment vibrierte sein Smartphone. Auf dem Bildschirm lächelte ihm Gabriel entgegen, der ihm gerade eine Nachricht gesendet hatte. Etwas aufgeregt genoss er den Moment, dass zu Hause gerade an ihn gedacht wurde. Mit einem Schmunzeln im Gesicht sah er wieder nach draußen, wo gerade einige Sonnenstrahlen durch die tiefhängende Wolkendecke fielen. Er blinzelte und spürte eine Euphorie in ihm hochsteigen.

Er strich langsam über Gabriels Bild und öffnete seine Nachricht. Aus einem Schmunzeln wurde ein Lachen und mit warmen Sonnenstrahlen im Gesicht las er Gabriels Nachricht, die ihn sichtlich freute und sein Herz höherschlagen ließ.

Fortsetzung folgt...